John Blasi

DELITTI SPIETATI

Le indagini di Richard Green

2024© John Blasi

Tutti i diritti riservati

Ogni riferimento a persone o avvenimenti realmente accaduti è puramente casuale

A mio padre

Sommario

PROLOGO 5

Capitolo 1 – Un vecchio amico 6

Capitolo 2 – Una ragazza disperata 27

Capitolo 3 – Una misteriosa setta 45

Capitolo 4 – Il Gran Maestro 64

Capitolo 5 – Un interessante colloquio 83

Capitolo 6 – Un macabro avvertimento 103

Capitolo 7 – Il palazzo in mezzo al bosco 124

Capitolo 8 – Una missione pericolosa 143

Capitolo 9 – Il volto dell'assassino 164

PROLOGO

Ormai erano anni che conoscevo Richard Green, ex ispettore di Scotland Yard, diventato ricchissimo in seguito all'eredità ricevuta dal padre che possedeva una società finanziaria in Italia. Richard si era trasferito nella splendida villa sul lago di Sabaudia e un amico comune ci aveva fatto conoscere. Io, ex maresciallo dei carabinieri, ormai in pensione, ero diventato suo fraterno amico e, insieme, continuavamo l'attività che avevamo svolto con molta passione per una vita: smascherare le ingiustizie e rendere dura la vita ai prepotenti e ai delinquenti.

Capitolo 1 – Un vecchio amico

Sul tavolo era rimasto il settebello e il re di denari. In mano avevo il sette di coppe... prendere quel settebello significava vincere quella partita di scopone scientifico. Però... non ero sicuro che gli altri tre re fossero usciti. Porca miseriaccia! Due erano usciti di sicuro, ma il terzo... non me lo ricordavo proprio! Guardai Richard di fronte a me... si accarezzò il baffetto destro... era un segno concordato... significava che potevo prendere il settebello o... il contrario? Accidenti, non lo ricordavo bene... baffetto destro significava "prendi", baffetto sinistro "lascia perdere"... o il contrario?

Alla fine mi decisi. Buttai il sette di coppe, presi il settebello e... Richard alzò gli occhi al cielo! Il nostro avversario, al mio fianco, calò il re, tutto pimpante, e fece scopa. Richard si trovò nei guai, provò a buttare l'asso ma l'altro nostro avversario fece scopa lo stesso. Risultato: perdemmo la partita per due punti: un tracollo!

I nostri due avversari se ne andarono via soddisfatti, quella sera: la posta in gioco era la cena del giorno seguente. Appena rimasti soli, Richard mi guardò alzando il sopracciglio.

– Come ti è venuto in mente di prendere il settebello? – mi fece. – Non mi hai visto grattare il baffo destro?

– Non ho voluto infierire – mentii. – Questo mese abbiamo già scroccato due cene a Pasquale e Michele. Mi facevano pena, poveracci...

– Poveracci?... Possiedono il più lussuoso ristorante di Sabaudia e li chiami poveracci?

– Mi riferivo alla loro... autostima – arrabattai. – E' da tanto che non vincono contro di noi.

Alzò le spalle.

– Bah!... Sarà! – cambiò discorso. – Che ne dici di andare a rimettere a posto gli attrezzi nel capannone mentre io sparecchio la tavola?

– E' una buona idea – concordai. – A proposito… a che ora deve venire quel tuo amico?

– Mi ha detto alle ventuno – guardò l'orologio. – Tra una mezzoretta.

Storsi la bocca.

– Comunque…è uno strano orario per una visita.

– Lo so, ma si è giustificato dicendo che, nel pomeriggio, avrebbe avuto un incontro di lavoro, a Latina, che probabilmente si sarebbe dilungato fino a tardi.

– Uhm… non ti ha detto nulla sull'argomento di cui vuole parlarci?

– No. Gliel'ho chiesto ma mi ha risposto che preferisce parlarne di persona.

Ci riflettei su per un attimo.

– Piuttosto misterioso… non trovi?

Fece spallucce.

– Bah! Avrà le sue ragioni…

– Tu lo conosci bene?

– Non troppo. Era amico di mio padre. Io l'ho incontrato solo tre o quattro volte ma mi ha dato l'impressione di una brava persona.

– Hai detto che non abita da queste parti…

– No. Possiede una bella villa nei dintorni di Firenze.

Il nome di quella città mi fece tornare in mente bei ricordi.

– Ah! Firenze… ho passato un anno della mia giovinezza in quel paradiso. Ho fatto il corso da sottufficiale dei carabinieri…

– Sì… me lo hai detto un centinaio di volte – m'interruppe sornione lui. – Firenze ti piace… lo abbiamo già stabilito.

– Perché… a te no?

– Sì, certo, anche a me, però… gli attrezzi vanno comunque rimessi nel capannone e io devo riordinare il salone – chiosò.

Capii l'antifona e alzai le mani.

– Ok, capo. Devo sbrigarmi. Ricevuto!

– Bravo, e cerca di tornare prima che arrivi Lorenzo.

Uscii sul giardino, illuminato dai lampioni sparsi qua e là. Era una splendida serata di primavera. La luna si rifletteva nelle limpide acque del lago e la temperatura era gradevole. Il silenzio era rotto dal "cri cri" di qualche grillo già uscito dal letargo.

Mi detti da fare raccogliendo gli attrezzi che avevamo usato nel pomeriggio per potare le aiuole e gli alberelli. Li pulii accuratamente e li riordinai tutti nel capannone. Ci tenevo all'ordine per quel tipo di attrezzature. Il giardinaggio era uno dei miei hobby preferiti.

Alla fine rientrai in casa. Richard aveva appena terminato la sua parte di lavoro e aveva acceso la televisione per guardare un telegiornale. Mi spaparacchiai anch'io su una poltrona.

– Tutto a posto? – mi chiese il mister, continuando a guardare la tv.

– Sì, missione compiuta...

Non potei continuare: il trillo del citofono mi interruppe. Richard si alzò per andare a rispondere.

– E' Lorenzo – mi disse subito dopo. – Gli vado incontro al cancello.

Uscì e rientrò un minuto dopo insieme a un signore anziano, magro, i capelli ancora folti e di un bianco candido, vestito in modo elegante, con giacca e cravatta grigi. Mi alzai e gli andai incontro. Richard ci presentò, scambiammo qualche battuta, poi ci sedemmo sulle poltrone.

Il vecchio si guardò intorno.

– Una bella casa – disse a Richard. – Ci sono stato parecchie volte, in passato. Tuo padre mi invitava spesso a passare qui i weekend. Eravamo grandi amici.

– Lo so – gli rispose il mister. – Mi parlava spesso di te.

Lorenzo mi guardò per un attimo, senza parlare. Poi annuì.

– Anche il tuo aiutante ha una faccia simpatica – disse a Richard.

– Non è il mio aiutante – si affrettò a chiarire Richard. – E' il mio più grande amico.

– Ah!.. – Lorenzo fece una faccia dispiaciuta. – Perdonate il mio errore... soprattutto lei, signor Politi, non avevo capito bene...

– Non c'è nulla da perdonare – lo rassicurò Richard. – E sono sicuro che Peppino gradirebbe il "tu" da parte tua.

– Volentieri!.. – consentì il vecchio. – Se è tuo amico non può che essere una brava persona...

– Ma dimmi: come vanno le tue cose? – cambiò discorso Richard per aiutarlo a uscire dall'impasse.

Lorenzo alzò le sopracciglia.

– Bene... tutto sommato bene. Ma potrebbero andare meglio.

Il vecchio ci parlò della sua attività. Capii che era un imprenditore immobiliare e possedeva molti immobili dalle parti di Firenze e altrove. Ci disse degli ultimi affari portati a termine dalla sua società e si dilungò su certi aspetti della sua attività che, francamente, non mi interessavano granché.

Il discorso si stava facendo noioso, finché Richard, approfittando di una pausa, non venne al dunque.

– Al telefono mi sembra di aver capito che, oltre gli affari di cui ci hai parlato, c'è qualcosa che ti preoccupa – gli disse.

Il vecchio chiuse gli occhi, strinse i denti e annuì.

– Sì... ho un problema, Richard. Un problema che da un po' di tempo mi sta togliendo il sonno

– si appoggiò allo schienale della poltrona. – E' un problema serio, anche se a prima vista potrebbe sembrare... banale.

Il mister gli sorrise.

– Che ne dici di raccontarcelo? – lo sollecitò.

– Sono qui per questo – confermò Lorenzo. S'interruppe per qualche istante, poi riprese. – Tu sai che ho perso mia moglie una decina di anni fa. Avevo quasi settant'anni... Claudia e io siamo sempre andati d'accordo, perciò la sua scomparsa mi ha buttato quasi nella disperazione. Per parecchio tempo ho vissuto in uno stato di profonda depressione, dal quale non è stato facile uscirne. Solo a poco a poco sono riuscito a risollevarmi, ma le mie giornate non erano più come prima... fino a quando ho conosciuto Irina, una donna moldava, amabile e sensibile, che ha arricchito di nuovo la mia vita. Lei mi circonda del suo calore, mi dà conforto, allegria... Insomma: con lei ho ritrovato la gioia di vivere. Credimi, Richard... lei è diventata tutto per me. Non sapresti più immaginare la mia vita senza di lei. So di non essere più un giovincello ma... le voglio bene, Richard. Tanto bene!

– Non mi sembra che questo sia un problema – osservò il mister, sornione.

– E, infatti, non lo è... il problema è un altro – ammise il vecchio, sospirando. – Vedete... lei ha quarant'anni meno di me... è una bella donna, piena di vita, simpatica... insomma: piace alla gente, e io... temo di poterla perdere – fissò per qualche attimo il pavimento. Sembrava imbarazzato. In effetti, in quel momento, mi dette l'impressione di un ragazzino innamorato e geloso.

– Quando si è messa con te, lo sapeva anche lei che avevi quarant'anni più dei suoi – gli fece osservare Richard. – Perché ora dovrebbe lasciarti?

Lorenzo sembrò ancor più imbarazzato.

– Vedi, Richard... prima di conoscere me, lei faceva lavori umili... Era una badante, una che faceva le pulizie... insomma, era povera. Io le ho dato una posizione, adesso fa una vita agiata... ha tutto ciò che vuole...

– Una ragione in più per non lasciarti – gli fece notare Richard.

Il vecchio annuì ma continuò a fissare il pavimento.

– Sì... certo. Ma non è tanto la paura che mi lasci... Io... – guardò Richard con più risolutezza. – Io, Richard, per dirla in breve, voglio essere sicuro che... non abbia qualche amante e stia con me solo per convenienza.

Un pensiero mi balenò subito alla mente: "Vuoi vedere che il vecchio ci ha preso per due segugi di mogli infedeli?". Probabilmente fu la stessa cosa che pensò Richard.

– In questo caso – gli disse, infatti, il mister – sono certo che a Firenze ci siano parecchie agenzie investigative che potrebbero aiutarti a toglierti questo timore.

Lorenzo lo guardò, preoccupato.

– Agenzie investigative? – ripeté. – No, Richard… nemmeno per idea! Io sono un personaggio in vista, a Firenze. Potrebbero ricattarmi oppure… vendere notizie riservate ai giornali scandalistici… No! Niente agenzie investigative!... Piuttosto… voi due…

Richard mi guardò, come per rassicurarmi. Poi si rivolse al vecchio.

– No, Lorenzo… vedi, non siamo… "esperti" in quel campo. Sono certo che a Firenze ci sono agenzie serie che possono darti una mano. Tutt'al più mi posso informare per sapere a chi puoi rivolgerti…

– No, no, Richard – lo interruppe il vecchio. – E' una questione troppo delicata, per tanti motivi… se Irina si accorgesse di essere seguita certamente mi lascerebbe e, d'altro canto, nessuna agenzia potrebbe ispirarmi la fiducia che invece posso avere su di voi – scosse la testa. – No, Richard… chiedo a te di occuparti della faccenda.

Il mio socio gli mise una mano sulla spalla.

– Lorenzo… io e Peppino non ci siamo mai occupati di cose del genere…

– Lo so, lo so – lo interruppe il vecchio. – Vi occupate di questioni importanti, di delinquenti e di grandi crimini. Ma io te lo chiedo per due motivi… il primo è che per me Irina rappresenta una ragione di vita e voglio essere sicuro di lei e, il secondo… te lo chiedo in nome dell'amicizia che c'era tra me e tuo padre… lui mi avrebbe aiutato, ne sono certo.

"Accidenti! – pensai. – Ha toccato un argomento sensibile per Richard… vuoi vedere che lo convince?"

Il mister, infatti, mi guardò. Io non volli creargli problemi e alzai le sopracciglia per fargli capire che, in fondo, una bella gita a Firenze ci poteva stare.

Richard tornò a guardare Lorenzo.

– Va bene – gli disse, con un'espressione tranquilla. – Ti daremo una mano…

– Grazie! Grazie, Richard – lo interruppe, sollevato, il vecchio – Tuo padre sarà contento… non immagini che peso mi togli dal cuore! Questo dubbio mi sta logorando…Irina con me è gentile, premurosa ma… a volte… mi sembra di scorgere nel suo sguardo qualcosa di… ambiguo, di misterioso… non saprei come definirlo ma… in quei momenti mi preoccupo, e tutto l'entusiasmo di cui mi riempie viene meno. Credimi, Richard… se con il tuo aiuto potessi raggiungere la convinzione profonda che Irina è effettivamente ciò che appare ai miei occhi, diventerei l'uomo più felice della Terra.

– Ti capisco – annuì Richard. – Tutti noi cerchiamo persone su cui poter contare a occhi chiusi, sia per allontanare la solitudine, sia per condividere la nostra vita. E poiché non è facile trovarle, quando ne incontriamo una speriamo che sia quella buona, quella che può cambiarci l'esistenza.

– Sì, è così – ammise il vecchio. – E' così per tutti, ma soprattutto per una persona anziana come me, che non può pretendere molto dalla vita che gli rimane. Irina è un raggio di luce in un'esistenza ormai buia… sono certo che tu comprenda…

– Comprendo benissimo – lo rassicurò il mio socio. – Ti aiuteremo, stai tranquillo.

– Grazie Richard… e io saprò ricompensarvi come si deve…

– Non se ne parla nemmeno – lo ammonì il mister. – Anzi, se vuoi il nostro aiuto non devi più parlare di ricompense. Tu sei un amico e noi ti aiuteremo solo per quello.

– Va bene… amico mio – rispose Lorenzo. – Sei proprio come tuo padre… leale e generoso. Grazie…

Il vecchio imprenditore appariva visibilmente sollevato. Evidentemente era cosciente che noi ci occupavamo di casi di tutt'altro genere ma aveva voluto tentare lo stesso di convincerci perché la faccenda, per lui, doveva essere davvero molto importante. In cuor mio, pensai che spiare per qualche giorno un'avvenente signora straniera, che aveva avuto la fortuna di incontrare la gallina dalle uova d'oro, non fosse il massimo delle emozioni che potevo pretendere dalla mia professione, però… tornare nella mia amata Firenze non mi dispiaceva affatto. Certo… pensavo che sicuramente non avrei potuto scrivere un libro su quella squallida e monotona indagine che si delineava all'orizzonte ma… mi sbagliavo, e di molto. Quel soggiorno a Firenze non fu né squallido né monotono, anzi… vissi momenti di grande trepidazione che non dimenticherò mai.

Ma andiamo con ordine.

Lorenzo, quella sera, andò via poco prima di mezzanotte. Ci disse che aveva prenotato un albergo a Sabaudia e che sarebbe ripartito il giorno dopo. Richard gli promise che entro quella settimana l'avremmo raggiunto a Firenze.

Rimasti soli, presso il cancello del giardino, il mister mi guardò con un po' di rammarico.

– Mi dispiace, Peppino, ma non me la sono sentita di insistere nel rifiutargli il nostro aiuto…

– Hai fatto bene – lo tranquillizzai. – Pedinare una signora sarà poco gratificante ma non si può restare sordi alla preghiera di un amico e poi… mi va di rivedere Firenze.

– Grazie, socio – mi fece lui, mettendomi una mano sulla spalla. – Sei molto comprensivo. Domani la cena che dobbiamo ai nostri amici la pago solo io.

Lo guardai di sottecchi.

– D'accordo, ma non sperare di cavartela con così poco…

Un paio di giorni dopo partimmo da Sabaudia all'alba. Facemmo solo una sosta, in un autogrill presso Orvieto, per goderci una buona colazione a base di cornetto e cappuccino. Era una bella mattinata, con poco traffico. Arrivammo a Firenze poco prima di mezzogiorno e il navigatore ci portò alla villa di Lorenzo, una splendida dimora su una collinetta sopra la città, non molto distante dalla chiesa di San Miniato e da piazzale Michelangelo. Scendemmo dal Suv e prima di suonare al cancello mi diressi sul ciglio della strada per ammirare lo splendido panorama di una delle città più belle del mondo. La cupola di Brunelleschi, la torre di Palazzo Vecchio, il campanile di Giotto e l'Arno che serpeggiava tra quelle meraviglie.

– Niente male, vero? – mi fece Richard alle mie spalle.
– Niente male?... Una meraviglia, vorrai dire! – lo rimbeccai.
Lui alzò le braccia.
– Ok, Firenze non si tocca: ricevuto!
– Puoi dirlo forte... a suo tempo in questa città ho passato momenti indimenticabili...
– Lo so, incallito donnaiolo! Lo so.
– Non mi riferivo a quello...
– Sì, sì – mi fece in tono canzonatorio. – Ti riferivi alle bellezze artistiche – mi tirò il braccio. – Ora andiamo ad annunciare il nostro arrivo. Avrai modo di goderti la città nei prossimi giorni.

Mi voltai per seguirlo e buttai uno sguardo alla villa del nostro amico. Si trattava di una splendida residenza circondata da un bel giardino all'italiana, con aiuole ben curate e delimitate da vialetti che si aprivano in tutte le direzioni. L'abitazione si sviluppava su due piani, in stile rinascimentale, molto bella. Dato il luogo, e l'architettura, doveva valere un patrimonio!

Qualcuno rispose al citofono e ci invitò a entrare con l'auto. Seguimmo il viale che ci portava davanti al portone d'ingresso e scendemmo. Dalla casa ci venne incontro un tizio mingherlino, in giacca e cravatta, che si presentò.

– Buongiorno, sono Giovanni, il maggiordomo. Potete lasciare qui l'automobile. Il signore vi aspetta nel salone.

Trovai strano che il vecchio non ci avesse accolto di persona ma il maggiordomo, mentre camminava davanti a noi, mi chiarì il mistero.

– Il signor Baldini si scusa per non esservi venuto incontro ma ha un brutto mal di schiena e non può stare in piedi per molto tempo.

Entrammo in casa e ci trovammo in un ampio ingresso sul quale si aprivano alcune porte, bianche, con preziosi intarsi e molto eleganti. Giovanni ne aprì una laterale ed entrammo in un grande salone, arredato con gusto e con grandi quadri alle pareti. Scorsi subito la figura sdraiata su una poltrona presso il camino acceso.

– Amici! Amici miei! – esclamò Lorenzo con un largo sorriso.

Si alzò dalla poltrona con una certa fatica, aiutato dal maggiordomo. Richard lo invitò a non affaticarsi ma l'altro volle abbracciarci lo stesso.

– Scusate, ma ogni tanto, questi mal di schiena mi fanno sembrare più vecchio di quel che sono... Vi aspettavo con ansia – tornò a sedersi sulla sua poltrona, senza perdere il suo sorriso riconoscente. Poi si rivolse al maggiordomo. – Giovanni, lasciami un po' solo con i miei amici. Tra poco ti richiamo.

Il tizio andò via. Richard ed io ci sedemmo sulle due poltroncine di fronte al vecchio.

Dopo i convenevoli, sul viaggio e sulla salute, Lorenzo si guardò intorno, come per assicurarsi che fossimo veramente soli, e ci parlò sottovoce.

– Ho detto alla mia compagna che siete due vecchi amici che devono soggiornare a Firenze per alcuni giorni e che ospiterò in una mia proprietà, non lontano da qui... Mi dispiace agire in questo modo, alle sue spalle. Mi sento un traditore nei suoi confronti, ma... – scosse la testa – devo essere sicuro di potermi fidare di lei. Se voi mi toglierete ogni dubbio sulla sua lealtà, saprò ricompensarla a dovere, così tornerò in pace con me stesso.

– Lei dov'è adesso? – gli chiese Richard.

— Su, in camera sua. Le ho detto che sareste arrivati e lei ci tiene a fare bella figura. Si vergogna un po' del suo precedente stato sociale e non vuole sfigurare al cospetto della gente che frequento. Io cerco sempre di tranquillizzarla perché i suoi modi sono, di per sé, gentili e cordiali e questo è quello che conta nei rapporti con le persone, ma lei ci tiene a certe cose. Vuole che io sia orgoglioso di lei… – s'interruppe con un nodo alla gola e guardò il fuoco nel caminetto. Non capivo perché s'era commosso, ma lui lo chiarì subito dopo. – Mi sento meschino e sleale nei suoi confronti, mettendo voi a spiarla…

Richard cercò di rassicurarlo.

— Le tue paure sono comprensibili, Lorenzo – gli disse. – E' molto più giovane di te, appartiene a un altro mondo, a un'altra cultura… non devi fartene un cruccio se nutri qualche dubbio. Noi due ti capiamo benissimo e non ti giudichiamo.

Il vecchio tornò a guardarci.

— Siete le uniche due persone di cui posso fidarmi. Non avrei osato rivolgermi a nessun altro per questo mio problema.

Richard cambiò discorso.

— Tuo figlio Edoardo cosa pensa di questa tua compagna?

Lorenzo alzò le sopracciglia.

— Non mi ha mai nascosto la sua contrarietà. Non ne fa un dramma, intendiamoci, ma secondo lui, alla mia età, non dovevo mettermi con una persona così giovane e di estrazione sociale così modesta.

In cuor mio, con i miei pregiudizi sull'argomento, non riuscii a biasimare troppo il parere del figlio.

Il vecchio riprese dopo una pausa.

— Non dovete pensar male di Edoardo. Lui crede che non ci possa essere amore tra una giovane e bella donna e un vecchio rimbambito come me. E… a dire il vero, lo pensavo anch'io, prima di incontrare Irina. Eppure, questa donna è riuscita a convincermi del contrario. Mi ha subito detto che lei non pretende nulla da me, oltre al mio affetto, e certamente non vorrà nulla di ciò che spetta ad Edoardo quando io non ci sarò più. Faccio fatica anche a farle accettare, di tanto in tanto, qualche dono più costoso… anzi l'ultimo, un mese fa, lo ha rifiutato. Si trattava di un bel collier d'oro e diamanti… mi ha costretto a restituirlo al gioielliere perché sia chiaro che il nostro rapporto sia fondato solo sull'affetto… – scosse ancora la testa e gli occhi cominciarono a brillargli.

Prese un fazzoletto dalla tasca della giacca e se lo passò sugli occhi.

– Credetemi… mi sento peggio di un Giuda nei suoi confronti.

– Torno a ripeterti che non devi vergognarti di nulla – gli fece Richard. – Puoi contare sulla nostra discrezione… – Poi cambiò ancora argomento – Edoardo sa il vero motivo del nostro arrivo?

– Sì… lui lo sa. Sa chi siete… In un primo momento non era d'accordo sul fatto di rivolgersi a degli investigatori. Diceva che potevano ricattarci, vendere la privacy della nostra famiglia ai giornali scandalistici. Poi, però, gli ho parlato di voi e lui sembra aver compreso. Edoardo è un tipo molto riservato, non ama stare sotto i riflettori, ma è molto bravo a condurre gli affari di famiglia. Una decina di anni fa seppe superare un brutto momento critico per la nostra società immobiliare. Ormai è lui che si occupa di tutto e io lo lascio fare. Mi fido di lui.

– Non abita qui, con te, vero? – gli chiese Richard.

– No. Lui abita giù, in città, in un bel palazzo d'epoca, vicino a Piazza della Signoria, non distante dalla sede della nostra società.

– Se ricordo bene, non è sposato…

– No, non si è mai sposato – confermò il vecchio. – E neppure so se in questo periodo si vede con qualcuna… come vi ho detto, è geloso della sua vita e ne parla poco anche con me.

Seguì una pausa e ne approfittai per guardarmi intorno. Mi colpirono i numerosi ritratti di personaggi severi e impettiti, appesi alle pareti. Probabilmente il vecchio se ne accorse e volle rispondere alla mia domanda non formulata.

– Sono i miei antenati, Peppino. Tutta gente del passato.
– Una famiglia nobile, immagino… – gli chiesi.
– Oh, sì! Nobile e molto antica – mi rispose lui, piuttosto divertito. – Vedi quel tale su quella parete, vestito con quel "lenzuolo" rosso e dallo sguardo fiero? – mi indicò un tizio con un'espressione altera, quasi incazzata, brutto come la morte, che mi guardava di sbieco. – Quello è Agnolo Baldini, grande amico di Dante Alighieri, e guelfo bianco come lui. Andarono insieme in esilio quando i Neri presero il governo di Firenze, nel milletrecento.

– Caspita!… – esclamai senza entusiasmo, chiedendomi cosa ci avesse trovato di interessante, il Sommo Poeta, in quel tizio tanto brutto e antipatico.

Nel frattempo, Lorenzo prese un telecomando e schiacciò un pulsante. Subito dopo comparve il maggiordomo sulla porta.

– Giovanni, vai su ad avvisare Irina – gli disse il vecchio. – Dille che i miei amici sono arrivati.

Il domestico uscì e Richard si rivolse al padrone di casa.

– Quanta servitù hai qui? – gli chiese.

– Oltre a Giovanni ci sono Maria ed Emma, che si occupano delle pulizie e della cucina – gli rispose Lorenzo. – Infine c'è Vincenzo che mi fa da autista e giardiniere. Sono domestici che vivono con me da tanti anni e ho piena fiducia in loro.

Continuammo a parlare del più e del meno, fino a quando, cinque minuti dopo, comparve sulla soglia del salone una bella donna, dai capelli lunghi e biondi, alta e vestita in modo elegante. Mostrava meno dei quarant'anni che ci aveva detto Lorenzo. Avanzò verso di noi e ci alzammo per salutarla.

– Buongiorno – ci disse. – Sono lieta di conoscere gli amici del mio compagno – continuò con un accento vagamente slavo, porgendoci la mano.

Lorenzo ci presentò, alzandosi a fatica dalla poltrona. Poi si sedettero l'uno accanto all'altra, sul divano di fronte a noi. Iniziammo una discussione sulla bellezza della casa e sulle attività della coppia. Discorsi che a me, ovviamente, non interessavano granché. Piuttosto cercai di osservare bene la signora che avevo di fronte. Nonostante la non più giovanissima età, era ancora molto bella, con due grandi occhi celesti e un sorriso grazioso che lasciava appena scorgere un sottile imbarazzo. In effetti, Lorenzo, al suo fianco, sembrava un vecchietto decrepito. Al suo posto, probabilmente, anch'io avrei avuto i suoi dubbi sulla signora. Ma io, come forse sospettate, sono un incallito materialista.

I monotoni discorsi si protrassero per alcuni minuti, fino a quando, finalmente, la padrona di casa, se ne uscì con una frase interessante.

– Naturalmente oggi pranzerete con noi – ci disse. – Ho già dato disposizioni a Emma, che è un'ottima cuoca.

Richard si voltò verso di me, sornione.

– Non so... per te va bene?

Feci la mia parte.

– Beh... se non rechiamo troppo disturbo...

– Nessun disturbo – ci rassicurò Irina, come previsto. – Sarà un piacere.

– E dopo il pranzo vi accompagnerò alla villetta che vi ho riservato – aggiunse Lorenzo.

– Non c'è bisogno che ti affatichi – gli rispose Richard. – Se ci dici dov'è, andremo da soli...

– No, non sarebbe gentile da parte mia – si schernì il vecchio. – Se proprio non me la sentirò, chiamerò mio figlio e vi accompagnerà lui.

Per una mezzoretta restammo a chiacchierare accanto al camino. Poi, finalmente, Giovanni si affacciò sul salone e ci disse che il pranzo era pronto. Entrò spingendo una sedia a rotelle su cui si adagiò Lorenzo e ci trasferimmo in una saletta più piccola con, al centro, una tavola già apparecchiata con gusto ed eleganza.

Il pranzo superò le più rosee aspettative. Emma si rivelò davvero un'ottima cuoca e, alla fine, mi sentivo di nuovo di ottimo umore. Tutto sommato, quel soggiorno a Firenze era iniziato con buoni auspici. Quando fu il momento di alzarsi da tavola, però, Lorenzo fece una smorfia di dolore e si sedette di nuovo.

– Niente! Il mal di schiena non accenna a lasciarmi – ci disse con rammarico. – Non potrò accompagnarvi... chiamo Edoardo e ci penserà lui.

Richard cercò di convincerlo che non era necessario ma il vecchio non sentì ragioni. Tirò fuori dalla tasca il suo cellulare e chiamò il figlio. La conversazione durò pochi istanti, probabilmente Edoardo si aspettava la chiamata.

– Tra poco sarà qui – ci disse il vecchio rimettendo in tasca il cellulare. – Vi accompagnerà lui, così avrete anche modo di conoscerlo.

Irina approfittò di quella pausa per congedarsi da noi e tornare su, alle sue faccende. In realtà, per tutto il pranzo, l'avvenente signora aveva cercato di apparire a suo agio, misurando le parole, intervenendo con garbo nella discussione, facendo sembrare che avesse dimestichezza con il mondo a cui apparteneva il suo compagno, ma nonostante la buona volontà, era parso evidente il suo disagio, l'artificiosità dei suoi discorsi, la freddezza di certe affermazioni, quasi studiate a tavolino. A me, che pure non faccio tanto caso alle formalità, era sembrata un pesce fuor d'acqua. Ero sicuro che anche Richard avesse avuto questa impressione.

Andata via la donna, Lorenzo ci guardò con un certo orgoglio.

– Che ve ne pare? Non è un angelo? – ci chiese sottovoce. – Gentile e affabile... mi fa sentire un uomo fortunato.

Doveva essere stracotto di quella donna. Mi sembrava un giovincello al suo primo amore. Richard non volle deluderlo.

– Sì, una brava e affascinante signora – gli rispose. – Il tuo sembra proprio un bel colpo, vecchio mio!

– Grazie, Richard – gli fece compiaciuto Lorenzo. – Spero che le tue indagini mi portino buone notizie.

– Lo spero anch'io – si limitò a rispondere il mio socio.

Poco dopo entrarono Emma e Giovanni a sparecchiare la tavola e noi riprendemmo a parlare di cose di poco conto.

Finito il suo lavoro, il domestico ci chiese se volevamo ritornare nel salone. Fummo tutti e tre d'accordo nel tornare a sederci accanto al caminetto che, nonostante fosse primavera inoltrata, ancora si faceva apprezzare per il tepore della fiamma.

Dopo una mezzora, il maggiordomo annunciò l'arrivo di Edoardo. Il figlio di Lorenzo, poco dopo, varcò la soglia della stanza. Si trattava di un tizio basso e grassoccio, con pochi capelli pettinati di lato, a coprire un'avanzata calvizie su un volto paffutello. Due piccoli baffetti, ben curati, cercavano di dare una parvenza di autorevolezza ad un volto, in realtà, molto anonimo. L'abito blu era tagliato su misura e anch'esso tentava di dare almeno una certa eleganza a una figura piuttosto sgraziata.

Edoardo venne avanti e ci salutò in modo piuttosto formale.

– Spero che abbiate fatto un buon viaggio – ci disse.

Parlammo brevemente del viaggio e della bella giornata. Richard dovette accorgersi che il vecchio era stanco.

– Credo sia meglio raggiungere la nostra destinazione – fece a un certo punto. – Abbiamo tutti bisogno di un po' di riposo.

– Sì, mi sento anch'io un po' stanco – ammise il vecchio. – Ho bisogno di sdraiarmi, il dolore alla schiena si fa insistente.

Prendemmo commiato da Lorenzo e uscimmo sul cortile. Edoardo salì sulla sua auto, una Range Rover, e noi sul nostro Suv. Lo seguimmo fino a una bella casa, distante solo poche centinaia di metri da quella di Lorenzo. La nostra guida azionò l'apertura del cancello con un telecomando ed entrammo nel piccolo cortile davanti all'abitazione.

Scendemmo dalle auto e mi guardai intorno. La piccola villa era circondata da uno stretto cortile, più ampio sul davanti, dove si poteva anche parcheggiare l'auto. La casa era edificata su un solo piano, con un tetto spiovente e un piccolo porticato a proteggere il portone d'ingresso. Era una costruzione semplice e modesta.

– Mio padre voleva riservarvi una villa più grande e lussuosa che abbiamo vicino Arcetri ma questa è più vicina alla sua abitazione e ha tutte le comodità.

– Andrà benissimo – lo rassicurò Richard. – Non siamo qui per un viaggio di piacere.

Edoardo lo guardò e annuì.

– Già!... mio padre mi ha detto della faccenda. E secondo me fa bene a preoccuparsi, ma... entriamo, parleremo dentro.

Aprì il portone d'ingresso ed entrammo in un grande soggiorno arredato con mobili non lussuosi ma funzionali. C'era un camino, circondato da tre poltrone, un grosso tavolo al centro della stanza e un paio di librerie, oltre a un mobile contenitore che occupava quasi un'intera parete. Di lato si apriva una porta che introduceva in una cucina non molto grande ma spaziosa abbastanza per contenere un piccolo tavolo da pranzo e tutto l'arredo necessario. In fondo al soggiorno si apriva un'altra porta che dava su un breve corridoio, ai lati del quale c'erano due camere da letto e, di fronte, un grande bagno.

Dopo aver esplorato la casa, tornammo nel soggiorno. Richard volle riprendere il discorso interrotto poco prima.

– Mi diceva che lei è d'accordo sul fatto che suo padre debba preoccuparsi della sua compagna... – gli disse mentre ci sedevamo sulle poltrone.

Edoardo fece un sospiro.

– Vede, signor Green, io penso che mio padre dovrebbe accettare il fatto che è anziano e che una donna giovane e bella come la signora Irina non può stare con lui per amore ma solo perché gli conviene... scusate ma io non sono abituato ai giri di parole e vado subito al nocciolo della questione. Avete visto anche voi che si tratta di una signora ancora molto piacente, con quarant'anni meno di lui, probabilmente desiderosa di vivere e divertirsi. E avete visto anche mio padre, ormai succube di vari acciacchi, che passa la maggior parte delle giornate a leggere o a guardare i programmi televisivi. Cosa può dare un vecchio come lui a una donna come Irina, se non i soldi e una rispettabilità che può tornare molto utile?

– Suo padre mi ha detto che la signora Irina ha rifiutato un collier molto prezioso – gli fece notare Richard.

Edoardo fece un sorriso tagliente.

– Questo dimostra solo che si tratta di una donna molto intelligente, signor Green – gli rispose. – Irina sa benissimo che il senso comune fa di lei una opportunista, quindi cerca di liberarsi da questa immagine. Ma nulla toglie che potrebbe rifiutare l'uovo oggi per avere la gallina domani. Sono certo che voi mi capiate – aggiunse guardandoci.

Richard annuì. Seguì una breve pausa, poi riprese.

– Lei mi ha detto che preferisce parlare senza fronzoli – disse ad Edoardo. – Allora le faccio una domanda diretta, se mi permette… lei pensa che la signora possa indurre suo padre a modificare il testamento in suo favore?

Il tizio scosse la testa con un sorriso di compiacimento.

– Oh, no! Questo no – ci assicurò. – Mio padre mi ha già dato tutte le proprietà che possiede, lasciandosi l'usufrutto solo su alcune di esse. E lei sa che l'usufrutto riguarda solo lui e alla sua morte automaticamente tutto passerà a me. Abbiamo già fatto le pratiche necessarie presso il notaio e la situazione non si può modificare se non con il consenso di entrambi. Però lui ha un cospicuo conto in banca, a sua completa disposizione, e le assicuro che non è poco. Ma, anche se lasciasse tutti i soldi a lei, per me non sarebbe una gran disgrazia. Io mi preoccupo solo della sua serenità e temo che potrebbe subire un brutto colpo quando scoprirà che quella donna non è sincera con lui.

– Quindi lei è certo che quella donna non è leale con suo padre… – puntualizzò Richard.

– Sì, ne sono certo – rispose con sicurezza l'altro. – Che mio padre lo scopra o meno dipende solo dalla bravura della recitazione di Irina. Ma prima o poi i nodi vengono al pettine, signor Green, e la cosa non potrà durare in eterno. Incaricando voi di sorvegliarla, secondo me, mio padre sta già cominciando a vedere come stanno veramente le cose.

Seguì un'altra pausa. Poi Richard cambiò discorso.

– Lorenzo mi ha detto che lei abita in centro, a Firenze…

– Sì… non mi piace vivere isolato nella campagna – rispose Edoardo. – Non mi fraintenda… non mi piace il frastuono e neppure mi reputo un tipo molto socievole, diciamo che mi piace vivere in mezzo alla gente standomene per i fatti miei. Del resto il lavoro assorbe quasi tutto il mio tempo e la sede della nostra società non è lontana da casa. La verità è che mi piace molto la libertà, il non dover rendere conto a nessuno di quello che faccio. Anche per questo, a cinquantatré anni, sono felicemente scapolo.

– Capisco… – gli fece Richard. – E' una condizione molto comune oggi.

Ebbi l'impressione che il tizio non fosse molto simpatico al mister. In realtà neppure a me lo era… lo trovavo troppo freddo e pragmatico, ma non riuscivo a dargli torto riguardo alla storia tra Irina e suo padre.

– Mi tolga una curiosità – gli disse a un tratto Richard. – L'idea di indagare su Irina proviene completamente da suo padre o si è trattato di un suo suggerimento?

Edoardo guardò Richard un po' sorpreso.

– No, no… l'idea è stata sua – rispose senza remore. – A me ne ha parlato quando già aveva provveduto a contattarvi. Vi dirò di più: non credo che un'indagine possa portare a conclusioni certe. Io temo che quella donna sia talmente abile che non sarà facile scoprire qualcosa di compromettente sul suo conto. Forse neppure voi ci riuscirete ma vi avverto che, anche in questo caso, io resterò del mio parere.

– Possiamo contare sul suo aiuto, nel caso ne avessimo bisogno? – gli chiese ancora il mio socio.

– Ma certo. Mi metto a vostra completa disposizione – rispose con convinzione l'altro. – Sperando che troviate presto qualche indizio interessante – s'interruppe, guardando l'orologio. – S'è fatto tardi e devo andare. Gli impegni di lavoro mi chiamano – si rivolse a Richard. – Se vuole, le do il numero del mio cellulare così, quando vuole, può chiamarmi.

I due si scambiarono i numeri; poi Edoardo si alzò e noi lo imitammo.

– Vi auguro un buon lavoro – ci disse l'ometto avviandosi verso il portone. – Da parte mia avrete tutta la collaborazione possibile. Non fatevi scrupoli nel contattarmi in caso di necessità.

Aprì la porta, lo salutammo e uscì di casa.

– Un ometto che ci tiene ad apparire importante – osservai.

– Già... vestito elegante, auto lussuosa, aspetto curato, parlantina cordiale ma distaccata e fredda... non credo che ti sia molto simpatico, vero?

– Perché? A te lo è? – gli feci di rimando.

– Non mi fermo mai alle prime apparenze, lo sai – mi rispose.

Lo guardai socchiudendo gli occhi.

– Dì piuttosto che è figlio di un tuo amico e non vuoi sbilanciarti al riguardo...

Mi rispose con uno sguardo sornione.

– Beh... se lo sai, perché me lo chiedi?

– Giusto! – ammisi. – Piuttosto dimmi: cosa pensi di questa faccenda?

Si sedette di nuovo sulla poltrona.

– Uhm... e tu che ne pensi?

– Te l'ho chiesto prima io!

Alzò le sopracciglia e si appoggiò allo schienale.

– La storia, in sé, non mi entusiasma molto. Forse scopriremo solo che si tratta di una bella signora straniera venuta in Italia in cerca di una fortuna che trova sfruttando la solitudine di un povero vecchio sulla via del tramonto. Una faccenda che rimane molto triste, da qualunque lato la si guardi.

– Sì... la penso anch'io così – concordai. – Sono due persone che cercano di afferrare qualcosa dalla vita che ormai non hanno più, come nel caso di Lorenzo, oppure non hanno mai avuto, come nel caso di Irina.

– Esatto – rispose lui. – Comunque, anche se non sarà la nostra indagine più entusiasmante, ci troviamo a Firenze e cerchiamo di goderci questo soggiorno nei limiti del possibile.

– Sono d'accordo – approvai subito. – Hai qualche idea per il pomeriggio? Lorenzo non sarà contrariato se inizieremo l'indagine domani.

– Vediamo… – rispose lui, accarezzandosi il mento. – Visto che si trova qui vicino, che ne dici se andiamo a visitare la chiesa di San Miniato e poi allunghiamo fino a piazzale Michelangelo?

– Direi che è un'ottima idea. Da piazzale Michelangelo si gode di un panorama mozzafiato su Firenze.

Poco dopo, scaricati e ordinati i bagagli, ci godemmo una breve pennichella, tanto per riposarci dal viaggio. Dopo meno di un'ora, ci alzammo e decidemmo di andare a piedi, verso la bella chiesa, constatato che ci trovavamo a meno di un chilometro.

Fu una bella passeggiata. Il viale che portava alla chiesa era contornato da platani secolari e sui prati c'erano tanti fiori di colori diversi. In lontananza, oltre gli arbusti e i rami degli alberi, si vedevano i tetti di Firenze.

Capitolo 2 – Una ragazza disperata

Arrivammo sotto la scalinata imponente che portava fino a San Miniato e cominciammo a salire. Alla nostra destra c'era il cimitero monumentale delle Porte Sante e su, in cima alla scalinata, la meravigliosa facciata della basilica di San Miniato al Monte.
Entrammo nella chiesa e, come sempre, rimasi affascinato dalla bellezza e dall'imponenza dell'interno. Ci fermammo per parecchio tempo ad ammirare le sculture, l'architettura e gli affreschi nelle pareti, finché, a un certo punto, decidemmo di scendere nella vasta cripta sotterranea.
E fu lì che Richard si accorse del primo segno di una realtà con la quale ci saremmo scontrati in seguito. Lo vidi fermarsi ad osservare attentamente il tratto di parete dietro un piccolo altare. Si abbassò per osservare meglio e, subito dopo, prese il cellulare e accese il led della torcia. Mi avvicinai, stava guardando nello stretto spazio tra l'altare e il marmo della parete.
– Qualcosa di interessante? – gli chiesi.
– Guarda... – mi rispose indicandomi la parete illuminata dal led.
Guardai in quella specie di buco e rimasi sorpreso: sul marmo era stata tracciata una croce rovesciata di colore rosso scarlatto.
– Uhm... che significa? – chiesi dubbioso.
– Direi... un segno satanico – rispose.
– Qui?... in una cripta?... e perché?
Mi guardò di traverso.
– Cosa vuoi che ne sappia?... mi limito a constatare.
Tornai a guardare la parete illuminata.
– Una croce con una vernice rossa...
– Sulla vernice avrei qualche dubbio – mi fece lui. – Secondo me è sangue.

Presi il cellulare dalla sua mano e illuminai meglio la parete. Aveva ragione era sangue!

– Una ragazzata di cattivo gusto – commentai.

– Anche sulla "ragazzata" avrei qualcosa da obiettare – replicò lui. – Forse non è stata una bravata improvvisata.

Lo guardai dubbioso.

– E cosa te lo fa pensare… Sherlock?

Mi indicò un punto del soffitto.

– C'è una telecamera in quel punto e, a quanto sembra, non ha rivelato nulla, altrimenti la croce sarebbe già stata cancellata.

– Le immagini saranno sfuggite ai controllori… – azzardai.

– Uhm… oppure chi ha fatto quel segno ha progettato la cosa per non farsi notare dalla telecamera. Per esempio, se erano più ragazzi bastava che un paio facessero da scudo e un altro facesse finta di legarsi i lacci delle scarpe. In questo caso ci sarebbe stata premeditazione e non la chiamerei "ragazzata".

Mi sollevai e alzai le spalle.

– Bah… forse stiamo dando troppa importanza alla cosa.

– Hai ragione – approvò lui. – Godiamoci queste belle opere d'arte.

Sul momento dimenticammo la cosa e ci mettemmo di nuovo a girare per la cripta. Fino a quando, qualche minuto dopo, vidi di nuovo il mister fermarsi a osservare un altro buco, dietro un altro altare.

Mi avvicinai.

– Hanno replicato? – gli chiesi.

– Pare di sì, guarda lì dietro.

Presi di nuovo il cellulare dalle sue mani e illuminai il punto che mi aveva indicato: un'altra croce rovesciata, tracciata con il sangue! Ben nascosta tra la base in marmo dell'altare e la parete.

Guardai il mio socio.

– Dici che si tratta di satanisti?

– Potrebbe essere… ma la cosa non ci riguarda.

– Sì… però credo che sia opportuno segnalarle… – osservai.

– Lo credo anch'io. Quando torniamo su, nella chiesa, avvertiremo qualche sacerdote.

Rimanemmo per un po' a girare per la cripta, poi risalimmo sulla chiesa. Notammo un tizio che armeggiava presso una cappella e gli chiedemmo dove avremmo potuto trovare un sacerdote. Fu il tizio stesso che andò a chiamarne uno. Doveva essere una specie di sacrestano. Poco dopo tornò con un monaco benedettino, con il saio nero e una cinta di corda alla vita. Era un tizio alto, sulla trentina. Si avvicinò con un sorriso cordiale.

– Buonasera, fratelli. Volete confessarvi? – ci chiese.

– Ehm… no, padre – risposi io. – Piuttosto vorremmo segnalare un episodio increscioso…

Lo accompagnammo nella cripta e gli facemmo vedere le due croci rovesciate. Il monaco espresse meraviglia ma non mi sembrò troppo sconvolto.

– Sono addolorato – ci disse alla fine. – Non è la prima volta che vengono scoperti segni e simboli di questo tipo.

– Le telecamere sono in funzione?

– Sì, certo. Anche di notte, ma non sono controllate con continuità. Può darsi che qualche avvenimento sfugga agli addetti della sicurezza.

– Beh, basterà controllare i filmati archiviati per avere un'idea di chi è stato – osservò Richard.

– Certamente… lo comunicheremo agli organi competenti – ci rispose il monaco. – Vi ringrazio per la segnalazione.

Accompagnammo il tizio fino in chiesa, poi lo salutammo e uscimmo fuori.

– Non mi è sembrato molto sorpreso da quei segni – dissi a Richard. – Io mi sarei incazzato come una bestia!

Mi guardò, sarcastico.

– Per questo non sei un monaco!

Non gli risposi e mi limitai a un "Bah!". Poi iniziammo a scendere la scalinata e, raggiunta la strada, svoltammo per Piazzale Michelangelo, che si trovava a poche centinaia di metri.

Su quello splendido balcone sulla città restammo per una mezzora, gustandoci poi un buon caffè nel bar alle nostre spalle.

Fu un bel pomeriggio, alla fine decidemmo di tornare a casa.

Arrivammo di fronte alla nostra villa che era quasi buio. Aprii il cancello di ferro ed entrammo. Con la coda dell'occhio notai qualcosa che usciva da un'aiuola di arbusti alla nostra destra e, automaticamente, la mia mano corse alla pistola che avevo sotto l'ascella. Richard mi fermò prima che potessi tirarla fuori.

– Calmati! E' una ragazza – mi disse.

Guardai meglio. Si trattava di una ragazza di colore, ansiosa e spaventata. Si guardò intorno prima di parlarci.

– Scusatemi signori – ci disse. – Vi devo parlare ma non qui fuori... per favore, fatemi entrare...

Mi affrettai ad aprire il portone d'ingresso e la ragazza entrò prima di noi. Più che spaventata sembrava in preda al panico.

Richard entrò per ultimo e chiuse la porta alle sue spalle.

– Calmati – disse alla ragazza che stava tremando. – Qui sei al sicuro... calmati e siediti.

– No, no! Non posso fermarmi molto – rispose concitata la ragazza. – Devo andare via subito, potrebbero cercarmi e non trovarmi...

– Chi ti cerca? – le chiese Richard.

– Non posso dirvelo ora... voi siete brave persone, vero? – la ragazza parlava con frenesia.

– Sì, puoi esserne certa – rispose il mio socio. – Cosa possiamo fare per te?

– Ho bisogno di aiuto, ma non posso parlarvi qui... vi prego aiutatemi!

– Ti aiuteremo senz'altro – le rispose con calma Richard. – Dicci solo in che modo possiamo farlo.

– E'... E' una storia lunga – farfugliò la ragazza. – Non posso dirvela ora ma... stasera, verso le dieci, potete venire alla chiesa di San Vincenzo?

– Si trova qui vicino? – le chiese Richard.

– Sì, sì… a meno di un chilometro… vi aspetterò lì davanti, stasera alle dieci… per favore, veniteci!

– Ci verremo di sicuro – la rassicurò Richard.

La ragazza si avvicinò al portone, prima che lo aprisse il mister le chiese l'ultima cosa.

– Dicci almeno come ti chiami…

– Aminah… mi chiamo Aminah – disse lei aprendo la porta e proiettandosi fuori.

Richard si avvicinò alla finestra per osservarla.

– Non ha preso la strada principale, ma un viottolo che sta dietro la casa – mi disse. – E va via di corsa.

– Povera ragazza… era spaventata a morte – osservai.

– Già!... Un vero peccato lasciarla andare via così.

– Era terrorizzata, non saremmo riusciti a fermarla. – replicai.

– Sì, hai ragione… speriamo non le succeda nulla nel frattempo.

Si tolse dalla finestra e si sedette, pensieroso.

– Davvero molto strana, la faccenda… – mormorò.

– Ti riferisci a qualcosa in particolare? – gli chiesi.

– Certo!... Perché ha chiesto aiuto proprio a noi? Non siamo del posto, non ci conosce.

– Uhm… forse proprio per questo si è rivolta a noi – azzardai.

Lui rimase molto dubbioso.

– Mah… se hai bisogno di aiuto cerchi qualcuno di cui ti puoi fidare.

Storsi la bocca.

– Sì, in genere è così, ma… vai a capire qual è il problema di quella ragazza!

– Un problema molto grosso – rifletté lui. – A giudicare da come era spaventata.

Mi sedetti anch'io.

– C'è un'altra possibilità – gli feci notare.

– E cioè?

– Che quella ragazza non avesse tutte le rotelle a posto.

– Una pazza?
– Perché no?... non guardarmi così. Per quel che ne sappiamo potrebbe anche darsi... non ci conosce e viene proprio da noi a chiedere aiuto... forse perché la gente del vicinato la conosce non è andata da loro, no? Potrebbe trattarsi di una psicopatica. Vai a capire...
Alzò le spalle.
– Non mi è sembrata una psicopatica – tagliò corto.
– L'hai osservata per dieci secondi... come puoi esserne certo?
– Mi fido molto delle prime impressioni. Lo sai!
– Sì, lo so, ma potresti anche sbagliare, no?
– Uhm... vuoi scommettere?
Mi ricordai delle ultime scommesse perse, quindi sorvolai.
– No... però...vabbè, vedremo.
Lui si alzò e si avvicinò di nuovo alla finestra.
– Uhm... c'è un altro problema – mi disse.
Lo guardai preoccupato.
– E... sarebbe?
– Ho fame e non mi va di cucinare.
Sospirai, sollevato.
– A pensarci bene... ho fame anch'io – ammisi.
– Cucini tu o andiamo al ristorante?
Ci pensai solo un attimo.
– Ristorante!
Dieci minuti dopo, prendemmo l'auto e scendemmo a Firenze.
Dopo una lauta cena in un ottimo ristorante di periferia, tornammo a casa. Erano quasi le nove, Richard prese il notebook e lo poggiò sul tavolo per guardare dove fosse la chiesetta di San Vincenzo.
– E' qui vicino... meno di un chilometro. E' piuttosto isolata, ci sono poche case intorno.
– Vogliamo andarci a piedi? Ti va di fare una passeggiata?

– Uhm… perché no? Servirà a smaltire la fiorentina che mi hai costretto a ingurgitare.

Lo guardai di traverso.

– Io ti ho costretto?... Ma se l'hai finita prima di me!

Mi guardò, sornione.

– Una volta ordinata… ho voluto togliermi subito il pensiero.

– Sarà!... a me è sembrato che, una volta finita, guardavi con un certo interesse anche la mia!

Storse la bocca.

– Balle!... Piuttosto – continuò – che ne dici di portare con noi anche le pistole?

La richiesta mi sorprese.

– Perché? Prevedi schioppettate?

– Non si sa mai. La ragazza era molto spaventata. Non vorrei che qualcuno venisse a disturbarci mentre parliamo con lei.

– Uhm… hai ragione. L'uomo prudente campa più a lungo!

Andai in camera a prendere le pistole e controllai bene che fossero a posto. Poi misi la fondina sotto l'ascella e l'altra la portai a lui.

– Vogliamo cominciare ad avviarci? – mi chiese mentre la indossava.

Guardai l'orologio.

– Sono appena le nove e un quarto…

– Ci faremo una passeggiata con calma. E' una bella serata…

Fui d'accordo. Uscimmo subito dopo.

Era davvero una bella serata. Il viale che portava verso la chiesetta era illuminato e, sotto di noi, alla nostra destra, brillavano le luci di Firenze. Tirava una brezza fresca ma eravamo ben coperti dai giacconi e non la sentivamo sulla pelle. La strada era deserta, passava qualche auto solo di tanto in tanto. Le case erano rade ma molto belle. Erano tutte circondate da bei giardini. Ogni tanto qualche cane ci abbaiava, tanto per dimostrare ai loro padroni che facevano bene il loro lavoro. Passeggiavamo a passo lento e ogni tanto ci fermavamo ad ammirare lo spettacolo della Firenze notturna sotto di noi.

Quando arrivammo sul luogo dell'appuntamento erano quasi le dieci. La chiesa di San Vincenzo era una piccola chiesetta di campagna, la facciata era illuminata da un faretto e intorno non si vedevano case. Per il resto c'erano i lampioni della strada a fare un po' di luce. Aspettammo lo scoccare delle dieci ma la ragazza non si vide.

– Speriamo che non abbia cambiato idea – dissi a Richard.

– Aspettiamo – si limitò a rispondere lui.

Ci sedemmo su una panchina davanti alla chiesa e aspettammo. I minuti passavano lentamente e la ragazza non si faceva vedere. Alla fine mi rivolsi al mister.

– Vuoi vedere che stavolta avevo ragione io?

Mi guardò alzando il sopracciglio.

– Cioè?

– Non aveva tutte le rotelle a posto…

M'interruppe subito.

– No! Sono sicuro che non era pazza.

– Bah!

Ripiombammo nel silenzio e mi misi a guardarmi intorno. Passò un'auto e proseguì oltre. Poi ancora il silenzio.

Respirai a fondo l'aria fresca della notte e guardai l'orologio. Erano le dieci e un quarto. Richard mi guardò, ma non disse nulla. Io tornai a guardare la strada. Vidi un cane che si avvicinava, non c'era nessuno con lui, probabilmente si trattava di un randagio. Si avvicinò piano piano nella nostra direzione. Quando fu a una trentina di metri da noi si fermò e cominciò ad annusare l'aria. Subito dopo riprese ad avanzare ma svoltò e scese nel fosso che correva parallelo alla strada. Dopo qualche secondo lo sentimmo latrare.

Improvvisamente, Richard si alzò e corse nella direzione del cane, senza dire nulla. Sul momento non capii, poi il terribile sospetto venne anche a me e cominciai a correre anch'io, dietro a Richard.

Si fermò dove si trovava il cane e udii un'imprecazione soffocata.

– Maledizione!

Si mise la mano in tasca e tirò fuori il cellulare, accese il led della torcia e inquadrò l'area dove si trovava il cane... mi venne un colpo! Tra l'erba c'era un cadavere!

Scendemmo anche noi nel fosso e tirai fuori anch'io il cellulare. Richard si chinò sul corpo inerte e lo girò quel tanto che bastava per vederne il volto... era la ragazza di colore!

Aveva la gola tagliata ma anche sulla bocca c'era un grosso grumo di sangue. Ci bastò poco per capire che le avevano tagliato la lingua.

Non riuscii a tenermi dentro la rabbia.

– Maledetti bastardi! Luridi, schifosi balordi!

– Non serve a niente maledirli – mi fece Richard. – A chi ha compiuto questo orrore dobbiamo solo fargliela pagare.

– Ci metterò l'anima, Richard – dissi ancora sconvolto. – Ma dovremo scovarli.

– Ci puoi giurare, amico mio. Li troveremo.

Cercai di respirare profondamente per ritrovare la calma. Richard rimase chinato accanto al cadavere e cercava possibili indizi. A un tratto mi indicò qualcosa, dietro la nuca della ragazza. Si trattava di tre graffi paralleli uniti da un altro orizzontale... sembrava un tridente.

– Che vorrà dire? – chiesi a Richard.

– Uhm... secondo te, cos'è?

– Sembra... sembra un tridente... una lancia con tre punte.

– Quindi... un simbolo satanico... – precisò lui.

Lo guardai sorpreso.

– Ancora simboli satanici! – esclamai, ricordando quel che avevamo visto a San Miniato.

– Già!... un brutto affare – concordò lui.

– Gente miserabile... non la passeranno liscia.

– Sì, ma intanto dobbiamo chiamare le forze dell'ordine – mi ricordò lui.

– Ci pensi tu?

Non mi rispose e compose il numero sul cellulare. Alla voce che rispose spiegò l'accaduto e gli dette il riferimento della chiesa di San Vincenzo. Poi rimise il cellulare in tasca.

– Cosa diremo alla polizia? – chiesi.

– La verità. Eccetto il motivo per cui siamo qui. Diremo che Lorenzo ci ha invitato come amici.

– Ci faranno un sacco di domande... – osservai.

– E' ovvio. Si tratta di una storia molto strana. Lo è anche per noi.

Tornai a guardare il cadavere della ragazza.

– Povera Aminah, era spaventata a morte e non abbiamo potuto fare nulla per lei – dissi con rammarico.

– E' accaduto tutto all'improvviso e lei è scappata subito via – mi rispose Richard. – Non potevamo trattenerla contro la sua volontà.

Nel frattempo il cane si era accucciato non lontano dal cadavere. Lo guardai con riconoscenza, se non fosse stato per lui forse non ci saremmo accorti del cadavere. A un certo punto si alzò e si allontanò. La cosa, per lui, era finita lì.

La volante della polizia arrivò qualche minuto dopo, a sirene spiegate. Richard risalì sulla strada e si fece notare. L'auto si fermò accanto a lui. Scesero due poliziotti, il mio socio si presentò e gli indicò il punto del ritrovamento. Uno dei poliziotti risalì in auto, tirò fuori un faretto, lo piazzò sull'auto e indirizzò il fascio di luce verso il cadavere. Alla fine scesero tutti e tre.

– Povera ragazza – mormorò uno dei poliziotti. – L'avete trovata così?

– Pressappoco – rispose Richard. – L'abbiamo solo girata per capire come sia morta.

L'altro poliziotto era in contatto con la centrale mediante la ricetrasmittente. Comunicava i dati e i dettagli del ritrovamento. Subito dopo concluse la conversazione.

– Il commissario sarà qui a momenti – disse al collega.

Ci chiesero i nostri documenti e presero nota. Uno di loro salì fino all'auto, prese una cartella e scese di nuovo.

– L'avete scoperta per caso? – ci chiese l'altro rimasto con noi.

– Spiegheremo tutto al commissario – gli rispose Richard.

L'altro lo guardò, un po' strano.

– In genere, chi trova un cadavere a quest'ora di notte, e in queste circostanze, appare nervoso – ci disse. – Voi, invece, sembrate molto calmi...

– Non si metta strane idee in testa, agente – gli risposi. – Io sono un ex maresciallo dei carabinieri e lui un ex dirigente di Scotland Yard.

Il poliziotto annuì, rimanendo perplesso.

– Ah!... va bene, spiegherete tutto al commissario... naturalmente non potete allontanarvi.

– Non abbiamo alcuna intenzione di farlo – lo rassicurò Richard.

Passò qualche minuto e udimmo un'altra sirena. Poco dopo scesero nel fosso altri agenti e, subito dopo, un tizio con giacca e cravatta che si chinò accanto al cadavere. Era un tipo sulla quarantina, con i capelli lunghi, raccolti alla nuca con un elastico. Gli si avvicinò un agente e ci indicò. Il tizio ci guardò e venne verso di noi.

– Salve – ci salutò. – L'avete trovata voi?

– Sì. Lei è il commissario? – gli chiese Richard.

– Commissario Mantelli, Guido Mantelli – gli rispose l'altro, porgendogli la mano. – Come avete fatto a vederla qui sotto? La zona è in ombra...

– Ci ha aiutato un cane – rispose il mister. – Si è messo a latrare e noi ci siamo avvicinati.

– Come mai vi trovavate da queste parti a quest'ora?

– E' una storia un po' lunga, commissario – gli rispose Richard.

Gli raccontò della ragazza che era venuta da noi cercando aiuto e dell'appuntamento presso la chiesa. Alla fine il commissario apparve perplesso.

– Ma… la ragazza vi conosceva?

– No. Questo è il punto: non l'avevamo mai vista – gli rispose il mister. – Siamo arrivati a Firenze solo oggi. Siamo ospiti di Lorenzo Baldini.

Mantelli ci guardò, dubbioso.

– Baldini… quello della società immobiliare?

– Esatto, commissario. Siamo amici e ci ospita in un suo alloggio.

Il commissario, naturalmente, appariva confuso. Cercò evidentemente di riorganizzare le idee, poi si arrese.

– Se ho ben capito… voi due arrivate in città, oggi, e quella povera ragazza, senza conoscervi, viene a chiedere aiuto proprio a voi… Non ha senso! – esclamò alla fine.

– Già… non ha senso – confermò Richard. – Vede, commissario: avrebbe avuto senso se la ragazza avesse conosciuto la nostra professione ma, in teoria, non poteva conoscerla.

– La vostra professione? – ripeté Mantelli. – Perché? Che lavoro fate?

– Ci occupiamo anche di indagini private – gli rivelò il mister.

Il commissario non doveva essere un'aquila e andò in tilt.

– Lei non vi conosceva… investigatori privati… mi venga un colpo se ci capisco qualcosa!

Si allontanò da noi, probabilmente per cercare di riflettere su ciò che aveva sentito. Dopo qualche secondo si riavvicinò.

– Insomma… voi siete due investigatori privati, ospiti di Baldini, e questa ragazza, senza conoscervi, vi aveva chiesto aiuto.

– Esattamente, commissario – confermò il mio socio.

– Uhm… dovete ammettere che è una faccenda strana!

– Stranissima! – approvò Richard.

– E… il signor Baldini perché vi ospita? – ci chiese Mantelli.

– Siamo amici ed è tanto che non ci vedevamo – mentì il mister.

L'altro annuì.

– Già… già! – esclamò perplesso, probabilmente senza capire bene la storia. Poi si voltò verso un agente.

– Orazio… hai preso le generalità dei due testimoni? – gli chiese.

– Sì, commissario.

– Anche il loro domicilio qui a Firenze?

– Uhm… no, quello no, commissario.

Mantelli borbottò un'imprecazione sottovoce.

– E cosa aspetti? – gli fece.

Orazio non se lo fece ripetere e si avvicinò a noi con rapidità.

Richard gli dette il nostro indirizzo mentre il commissario si allontanò a controllare il lavoro degli agenti.

Arrivarono altre auto, con gli strumenti necessari per i vari rilievi. Io e Richard rimanemmo in disparte. Dopo un po' il commissario si avvicinò di nuovo.

– Vorrei che mi seguiste in commissariato per una deposizione più dettagliata possibile… – ci disse.

– Nessun problema – gli rispose Richard.

Il commissario si allontanò e io mi avvicinai al mister parlandogli sottovoce.

– Il volpone vuole trattenerci finché non avrà informazioni precise sul nostro conto. Scommetto che ha già chiesto notizie su di noi alla centrale.

– Lo so. Lasciamolo fare. E' il suo lavoro – mi rispose lui, tranquillo.

Poco dopo Mantelli ci invitò a salire su una volante. Partimmo per il commissariato, dove arrivammo dopo pochi minuti. Ci trovavamo in una zona di periferia.

Scendemmo e il commissario ci guidò fino al suo ufficio, al primo piano. Nel palazzo, data l'ora, c'era poca gente.

Ci accomodammo su due sedie di fronte alla sua scrivania. Mantelli prese alcuni fogli da un cassetto e ce li pose davanti. Erano indicazioni sulle procedure di testimonianza. Burocrazia che conoscevo bene. Era evidente, comunque, che cercava di prendere tempo. A un certo punto ci chiese se volevamo aggiungere qualcosa a ciò che avevamo già detto all'agente in precedenza. Rispondemmo che, per il momento, era tutto.

Finalmente, dopo qualche minuto, entrò un agente che porse dei fogli al commissario. Mantelli li lesse con attenzione e la sua attenzione si accentuò man mano che procedeva nella lettura.

– Perbacco! – esclamò a un certo punto. – Qui risulta che siete investigatori piuttosto famosi.

Si rese conto che, involontariamente, ci aveva rivelato il senso della convocazione al commissariato e cercò di scusarsi. Ci guardò un po' imbarazzato.

– Scusate ma… date le circostanze, ho dovuto chiedere notizie sul vostro conto…

– Comprendiamo benissimo – gli fece Richard, togliendolo dall'imbarazzo. – Avrei fatto la stessa cosa io stesso. Ci rendiamo conto che la faccenda è molto strana e ci sono molti punti oscuri.

Mantelli poggiò i gomiti sulla scrivania e chiuse gli occhi.

– Tutto farebbe pensare che la ragazza sapeva che siete investigatori… solo così si spiega la sua richiesta di aiuto – ci disse.

– E' quello che pensiamo anche noi – confermò Richard. – Ma come faceva a sapere della nostra professione?

Mantelli guardò ancora le carte.

– A proposito di professione… qui si dice che lei è titolare di una importante società finanziaria, signor Green.

– E' vero, anche se me ne occupo poco. Ho dei bravi amministratori.

In quel momento, entrò di nuovo l'agente di prima, con altri fogli.

Il commissario li lesse attentamente, poi annuì.

– Come sospettavo: la vittima era già nota alla polizia. È stata arrestata per detenzione e spaccio di droga poco più di un anno fa… A questo punto possiamo cominciare a capire come sono andate le cose.

– Sì è fatto già un'idea, commissario?

– Sì, credo di sì… la ragazza voleva uscire dal giro e cercava protezione da voi. L'hanno scoperta e gliel'hanno fatta pagare. Questo spiegherebbe anche il taglio della lingua: un monito a chi pensava di imitarla.

Mi sembrò una conclusione un po' affrettata ma non dissi nulla. Anche Richard fu molto diplomatico… mai contraddire le conclusioni di un commissario di polizia!

– Sì… ci sono probabilità che le cose siano andate così – fece finta di ammettere. – L'unica cosa che non quadra è il fatto che si sia rivolta a noi.

– Uhm… penso di avere una possibile risposta anche per quello – rifletté Mantelli, che ad un tratto sembrava diventato Sherlock Holmes. – Forse avrà visto la vostra foto su qualche giornale, in passato, e incontrandovi per strada, si sarà ricordata di voi.

Mi sembrò una possibilità molto remota, ma tacqui ancora. Richard, come al solito, non lo contraddisse.

– Anche questa è una possibilità – gli rispose. – Ma mi tolga una curiosità… ci sono molte bande di spacciatori, qui in città?

– E' una piaga! Mi creda – gli rispose Mantelli. – Da alcuni anni la situazione è peggiorata. Ho perso già il conto dei morti per overdose, o per la guerra tra bande, dall'inizio dell'anno. Si va sempre peggio! Purtroppo, le nostre risorse sono sempre le stesse ma i guai aumentano e noi abbiamo difficoltà ad affrontarli.

– Avevamo gli stessi problemi anche a Londra – gli rispose il marpione, esperto di empatia. – Dovevamo arrangiarci con il poco che ci passava l'Amministrazione. In compenso esigevano risultati nel minor tempo possibile.

— Proprio come accade qui! – gli rispose prontamente il commissario. – La stessa, identica, cosa! Ai piani alti sembrano non rendersi conto della gravità della situazione... – forse capì che si stava sbilanciando troppo e s'interruppe. – Lasciamo perdere che è meglio!

Seguì una breve pausa. Poi Mantelli riprese.

— Vi fermerete a Firenze per qualche giorno?

— Sì, vorremmo passare un po' di tempo con il nostro amico Baldini e rilassarci dal nostro lavoro – gli confermò Richard.

Il commissario si alzò.

— Bene, a questo punto non ho altre ragioni per trattenervi – ci disse.

Ci alzammo anche noi e lo salutammo.

Per strada mi rivolsi a Richard.

— Poteva anche offrirci un passaggio a casa. E' quasi mezzanotte.

— Ci ho pensato, ma possiamo chiamare un taxi – mi rispose lui. – Nel frattempo, avrei voglia di fare quattro passi, ti va?

— Uhm... è una buona idea. Non ho ancora sonno.

Raggiungemmo la strada che costeggiava l'Arno e camminammo sotto i lampioni.

— La domanda più importante riguarda il perché la ragazza si è rivolta proprio a noi – iniziò Richard.

— Il commissario dice che può averci visto su qualche giornale... – gli ricordai.

— Uhm... è un'ipotesi che non si può scartare a priori, dato che l'ultima indagine l'abbiamo terminata solo un mese fa – rifletté Richard. – Ma la cosa mi sembra improbabile... non credo che quella ragazza si interessasse molto delle notizie di cronaca.

— Lo penso anch'io – risposi. – A proposito... non ti sembra che il commissario sia un po' troppo banale nel trarre conclusioni?

— A dire la verità... sì – ammise. – Mi sembra un tantino fatalista.

Tornai a pensare alla ragazza.
– E se la ragazza avesse saputo di noi proprio da Lorenzo o da suo figlio?
– Uhm… ciò implica che lei li conoscesse – osservò.
– E questo è poco probabile, vero?
– A prima vista, direi di sì – rispose. – Si tratta di una spacciatrice, quindi di una persona distante dal mondo di Lorenzo ed Edoardo.

Cercai di riflettere.
– Qualcuno può averci riconosciuto quando siamo andati a San Miniato… c'era parecchia gente in giro. E quel qualcuno può aver parlato con lei.
– Anche questa è un'ipotesi – rispose Richard. – Forse anche più probabile di quella che presume una conoscenza tra lei e i Baldini.

Continuammo a passeggiare nella tranquillità della notte. A un certo punto ripresi.
– Tutto questo significa che brancoliamo nel buio più assoluto…
– Bravo Peppino! – se ne uscì lui. – Questa è la realtà: per il momento non possiamo escludere nulla.

Eravamo quasi arrivati a Ponte Vecchio. Lui si fermò e si voltò a guardare il fiume. Lo aveva già fatto altre volte nel corso della passeggiata, perciò lo rimbeccai.
– Ti piace così tanto l'Arno di notte?
– No, mi piace controllare i due che ci stanno seguendo… non ti voltare!

Un brivido mi percorse dalla testa ai piedi.
– Ci stanno seguendo?
– Sì. Da quando siamo usciti dal commissariato – confermò lui. – Sono due tizi che fanno finta di parlare tra loro, ma si fermano ogni volta che ci fermiamo noi.

Con la coda dell'occhio cercai di guardare alle nostre spalle. Distinsi appena due figure sul marciapiedi, a un centinaio di metri da dove ci trovavamo.

– Mi piacerebbe sapere di chi si tratta… – dissi a Richard.

– Anche a me. Che ne dici di svoltare verso i palazzi e aspettarli all'angolo della strada? Non c'è quasi nessuno in giro.

– Uhm… è un'idea – risposi. – Però… se ci sbagliassimo?

– Faremmo sempre in tempo a chiedere scusa – tagliò corto lui.

– Ok, mi hai convinto… – m'interruppi perché notammo un'auto che si avvicinò ai due e li fece salire. Ripartì subito dopo e quando fu vicina a noi rallentò. La mia mano corse subito alla fondina dell'ascella e mi misi pronto a gettarmi a terra, ma l'auto ci superò senza fermarsi.

– Calma… volevano solo guardarci bene – mi disse, tranquillo, il mister.

– Sei riuscito a vedere qualche volto? – gli chiesi.

– No, troppo buio per distinguere le facce, ma si sono voltati a guardarci – mi rispose.

– Uhm… peccato! Mi sarebbe piaciuto conoscerli.

Mi guardò, ironico.

– Non preoccuparti. Qualcosa mi dice che li incontreremo di nuovo.

Tirò fuori il cellulare.

– Che fai adesso? – gli chiesi, sospettoso.

– Chiamo il taxi, no? Mica vuoi fartela a piedi!

Capitolo 3 – Una misteriosa setta

Il giorno dopo mi svegliai tardi. Quando aprii gli occhi guardai l'orologio, erano quasi le nove. Subito dopo sentii bussare alla porta.
– Svegliati, dormiglione – borbottò Richard senza entrare. – Ho già preparato cappuccino e cornetto!
Mi alzai controvoglia. Una decina di minuti dopo lo raggiunsi in cucina. S'era già vestito e rasato. Leggeva le notizie dal notebook appoggiato sul tavolo.
– Sul giornale locale c'è un breve articolo sull'omicidio di stanotte – mi disse. – Solo poche righe.
– Si parla anche di noi? – gli chiesi.
– No, fortunatamente no. Dice solo che il cadavere è stato trovato da due passanti. Si accenna al fatto che la vittima era già stata arrestata per spaccio, di conseguenza si sospetta che si sia trattato di una resa dei conti tra bande di spacciatori.
– I giornali si accontentano delle spiegazioni più banali, pur di fare notizia – osservai.
Sorseggiai il mio cappuccino riscaldato al microonde, poi continuai.
– Sto ripensando ai due che ci seguivano stanotte… credi che ci tengano sotto osservazione?
– E' probabile – rispose. – Se sanno chi siamo possono vederci come due ostacoli.
– Uhm… la cosa non mi piace. Vorrei camminare tranquillo per strada.
– Temi che vogliano il tuo scalpo?
Lo guardai di sbieco.
– E perché no? Hanno dimostrato di essere gente spietata.
Alzò le spalle.

— Mah... un conto è prendersela con una povera ragazza, forse senza nessuno al mondo, e un conto è attaccare due persone in vista come noi. Secondo me ci terranno d'occhio per scoprire quello che abbiamo in mente di fare.

— E quando scopriranno che non abbiamo alcuna intenzione di fargliela passare liscia?

— Beh... a quel punto possiamo iniziare a preoccuparci di chi si trova alle nostre spalle — mi rispose senza mezzi termini.

Detti un morso al cornetto e stavo per rispondere ma, in quel momento, sentimmo il suono del citofono. Richard andò a rispondere, poi premette il pulsante di apertura del cancello.

— E' un certo don Claudio — mi disse. — Chiede di parlare con noi.

Avevo ancora addosso il pigiama. Corsi in camera mentre Richard apriva la porta. Mi cambiai in tutta fretta e cinque minuti dopo tornai nel soggiorno. Il mister era seduto su una poltroncina e chiacchierava con il sacerdote. Appena mi vide, mi presentò.

Don Claudio si alzò per salutarmi. Era un tipetto basso, rotondetto, con la faccia pienotta e due occhietti che spuntavano da un paio di occhiali piccoli e cerchiati. Vestiva la tonaca nera e aveva stampata sul viso un'espressione cordiale e affettuosa.

— Buongiorno signor Politi — mi disse. — Sono il parroco di Arcetri e mi scuso anche con lei se vi faccio visita in un'ora così mattiniera.

— Nessun problema, padre — gli risposi, cercando di sorridere nel modo più convincente. — Sono io a essere in ritardo sulla tabella di marcia...

— Oh... bella questa! — mi fece lui, allegro. Ci guardò entrambi e continuò. — Mi sembrate persone simpatiche e gentili, e questo mi fa molto piacere. Oggi come oggi non è facile incontrare persone che sorridono alla vita. La maggior parte della gente che conosco è tutta presa dai problemi e si dimentica di quanto splendore ci ha circondato il buon Dio.

– Parole sante, padre – concordò Richard, sfoggiando un sorriso che andava da un orecchio all'altro. – Basterebbe dare il giusto peso alle cose, senza farne una malattia, per vivere più sereni.

Il prete annuì, gongolando.

– Questa è saggezza pura! Mio caro signor Green – disse agitando l'indice nella sua direzione. – Penso che lei abbia scoperto che il segreto della vita, in fondo, è semplice: le cose davvero importanti sono poche e, in genere, le abbiamo quasi tutte. Per il resto… vivi e lascia vivere, diceva bene il vecchio Schopenauer.

Quella precisazione cominciò a farmi sospettare che il prete non fosse solo un'anima candida. Ma che voleva da noi?

– Se non sbaglio, però, il nostro Schopenauer non era un campione di ottimismo… – puntualizzò Richard.

– Nessuno è perfetto – replicò con semplicità don Claudio. – Ma io ho notato nei suoi scritti una ricerca di Assoluto che lui, forse inconsapevolmente, non ha voluto trovare.

Il discorso stava prendendo una piega filosofica che non mi piaceva per niente e in cui avrei dovuto fare solo da spettatore perché quel tizio, il filosofo, l'avevo solo sentito nominare. E in realtà i due continuarono per un po' a sfoggiare citazioni e paroloni, tanto che mi trovai costretto a guardare storto Richard, di soppiatto, per farlo smettere di continuare a stuzzicare il sacerdote su quell'argomento tanto noioso.

Fortunatamente fu don Claudio che, a un certo punto, si accorse di stare andando "oltre".

– Oh, perbacco!... – disse a Richard, quasi per scusarsi. – Parlare con voi di certi argomenti è talmente gratificante che quasi dimenticavo il motivo per cui sono qui.

"Era ora!" Pensai tra me e me, soffocando un sospiro.

Tornammo a sederci tutti e tre e il parroco assunse un'espressione quasi sofferente.

– Purtroppo non è un bell'argomento quello che mi ha spinto a cercarvi stamattina – iniziò. – Sono qui per parlare di Aminah.

A quelle parole, tutta la mia noia scomparve e le orecchie mi si drizzarono.

– Lei la conosceva? – gli chiese Richard.

– Sì, la conoscevo bene – gli rispose il sacerdote. – Io ho contatti con una comunità di recupero per tossicodipendenti. Ogni tanto viene da me qualche povero ragazzo che si rende conto che sta sprecando la sua vita e io cerco di aiutarlo. Qualche mese fa, anche Aminah venne in parrocchia dicendomi che voleva uscire dal "giro" ma aveva molta paura. Sembrava molto ansiosa, mi disse che era venuta via dalla Nigeria con la speranza di crearsi una vita dignitosa, invece qui aveva incontrato una realtà ancora più misera, fatta di droga e prostituzione. Per pagare le spese del viaggio all'Organizzazione che l'aveva fatta venire in Italia con i barconi, era stata costretta ad accettare compromessi crudeli, vendendo il suo corpo e diventando spacciatrice a sua volta – sospirò, come se avesse difficoltà a continuare a parlare di un argomento così angosciante. – Mi disse che era entrata in un "giro" infernale e la sua vita era diventata un incubo, ma aveva paura di uscirne, aveva paura delle persone che gestivano il "giro" perché erano molto cattive – scosse la testa e gli occhi si fecero lucidi. – E aveva ragione, poverina! Che brutta fine! – tirò fuori un fazzoletto per asciugare le lacrime.

Seguì qualche attimo di pausa, anche per rispettare il dolore del sacerdote. Poi Richard intervenne.

– Capisco la sua sofferenza, padre – gli disse Richard. Poi continuò. – Le ha mai parlato del "giro" in cui s'era messa?

Don Claudio scosse la testa.

– Purtroppo no. Ogni tanto le facevo qualche domanda per cercare di saperne qualcosa di più ma lei aveva troppa paura – si passò di nuovo il fazzoletto sugli occhi, togliendosi gli occhiali. Poi riprese. – Stamattina, quando ho letto la notizia sul giornale, mi sono subito precipitato in commissariato per avere qualche notizia in più. Ho parlato con il commissario Mantelli, che conosco bene, e mi ha detto che voi due l'avevate ritrovata stanotte in quelle condizioni… Mi ha detto anche che siete due investigatori e, in via del tutto confidenziale, mi ha dato il vostro indirizzo. Così non ho perso tempo a raggiungervi.

– Ha fatto benissimo, padre – gli disse il mister. – In realtà questa faccenda ci ha colpito molto e vorremmo cercare di capirne di più. Purtroppo non conosciamo la realtà di questi luoghi e cercavamo proprio qualcuno che potesse parlarci della situazione.

Come sicuramente Richard aveva previsto, il sacerdote si offrì con entusiasmo.

– Eccomi qui! Quel qualcuno l'avete trovato! Non chiedo di meglio di dirvi tutto quello che so sull'argomento… e, a questo proposito, vorrei parlarvi proprio del luogo che Aminah frequentava in questi ultimi tempi.

Il discorso si faceva interessante. Don Claudio si schiarì la gola e iniziò.

– Aminah lavorava presso una casa non lontana da qui, una grande villa storica, posseduta da due fratelli: Filippo e Oliviero Landi, discendenti da una nobile famiglia ghibellina. Era stata assunta da pochi mesi, faceva un lavoro part–time, come domestica e io speravo che questo la aiutasse a rendersi indipendente. Ma conoscendo la realtà di quella casa, avevo anche molta paura – s'interruppe, come fosse dubbioso.

– Non abbia timore – lo rassicurò Richard. – Quello che ci dice rimarrà tra noi, ne può essere certo.

– Grazie… grazie, mister Green – riprese il parroco. – Vedete… in quella casa avvengono cose strane. E' la sede di una società diciamo… un po' ambigua. Si occupa del benessere personale degli adepti, quindi, in teoria, dovrebbe essere una cosa buona… ma le notizie che ho non sono rassicuranti. La gente ne parla con un certo disagio. Più che di una società, sembra si tratti di una setta particolare…

– Di una setta satanica? – intervenni io, ricordando quello che avevamo visto a San Miniato.

– No, no... nulla del genere – negò con sicurezza il sacerdote. – Piuttosto... una psico–setta, qualcosa che agisce sulla mente umana costringendola ad assumere un certo tipo di credenze e di comportamenti. Sembra che certe persone in difficoltà si rivolgano a questa società e loro trovano il modo di confortarli e rassicurarli ma, sinceramente, non so con quali risultati.

– Le psico-sette sono molto diffuse, anche qui, in Italia – precisò il mister. – E i loro intendi non sono sempre legali, anzi... direi il contrario.

– E' quello che sospettano tutti – confermò il sacerdote. – Ma alcune persone sono convinte che, tramite quella organizzazione, riescano a risolvere tutti i loro problemi. E non parlo solo di gente senza istruzione, ma anche di professionisti, studenti e dottori.

– Aminah era una adepta di quella setta? – chiese Richard.

– No... non credo, ma lei non ne ha mai parlato – don Claudio s'interruppe, riflettendo. – Se devo essere sincero, non so molto di quello che Aminah faceva, so solo quello che pensava e che voleva. Come vi ho detto, era molto restia a parlare delle sue frequentazioni e di come passava le giornate.

Seguì una pausa. Richard mi guardò, poi si rivolse ancora al sacerdote.

– Padre... lei è parroco di Arcetri, quindi conosce bene questa zona... Vorrei un suo parere su un episodio accaduto ieri...

– Mi dica, mi dica – lo esortò subito il sacerdote. – Sarò felice di aiutarla.

– Nel pomeriggio, io e il mio amico abbiamo visitato la basilica di San Miniato e, nella cripta, abbiamo scoperto dei simboli satanici, ben nascosti dietro alcuni altari. Delle croci rovesciate fatte con il sangue...

– Oh! Mio Dio! – esclamò il preticello. – Si sono spinti a tanto? Addirittura nella chiesa di San Miniato?

– Così pare – confermò Richard. – Che lei sappia, dunque, ci sono sette sataniche qui intorno?

Il prete strinse le labbra.

– Purtroppo... credo proprio di sì. Ogni tanto si scopre qualche loro malefatta, nei cimiteri, nelle chiese abbandonate. Fanno parlare di sé, e quel che è peggio, sembra che molti giovani siano attratti da quelle bravate... dal gusto del proibito, dal mistero, dagli eccessi – ci guardò con tristezza. – Purtroppo i ragazzi hanno perso Dio e cercano altrove il senso dell'esistenza. E molto spesso si perdono nei meandri del male.

– Quindi... se ho ben capito, lei le considera delle... ragazzate – osservò il mio socio.

– Oh, sì, sì... Non credo siano nulla di più – rispose don Claudio. – Ma questo non toglie che la cosa è preoccupante e indica quanto malessere e quanta perdizione ci sia qui intorno. Questa è una città bellissima, ma il male sta penetrando nel suo tessuto sociale e ho paura che le cose stiano peggiorando. Mi diceva il commissario che, dall'inizio di quest'anno, sono già morte sette persone per overdose e una decina sono state salvate per i capelli dal Pronto Soccorso dell'ospedale.

– A proposito del commissario – intervenne Richard. – Le ha detto che dietro al collo della povera Aminah è stato tracciato un segno... una specie di tridente?

Il prete si portò la mano al mento, come per riflettere.

– Sì, me lo ha detto – rispose. – Però... io ho qualche dubbio che si tratti di tridente...

Sembrava molto titubante, così il mister lo sollecitò.

– Parli liberamente, padre. Non si preoccupi.

Il sacerdote ci guardò entrambi e alzò le sopracciglia.

– Il fatto è che non vorrei indurvi ad avere sospetti fuorvianti che potrebbero solo portarvi a conclusioni sbagliate...

– Lei ci dica solo ciò che pensa – lo tranquillizzò il mister. – Al resto penseremo noi.

Il sacerdote annuì e, finalmente, si decise a vuotare il sacco.

– Vede, signor Green... il simbolo del tridente si può confondere con il simbolo di una lettera greca... la lettera "psi", la ventitreesima lettera dell'alfabeto greco.

– Ha ragione, padre – annuì Richard. – Continui...

– Lei, forse, saprà anche che la lettera "psi" è stata adottata come simbolo della psicologia, vero?

La cultura di quel pretino mi stupiva sempre di più. Richard annuì ancora.

– Sì, è stata presa come icona della psicologia – confermò il mister. – Mi sembra di ricordare che venne traslitterata dai romani per formare la parola psyche...

– Esatto, mister Green! – lo interruppe compiaciuto don Claudio. – La lettera "psi" è il simbolo della psicologia e... sa qual è il simbolo della società dei Landi?

–...Una "psi"?

Il sacerdote annuì a lungo, prima di rispondere.

– Sì... una "psi", una lettera che si scrive come fosse un tridente, ma è tutt'altro.

Richard mi guardò. Capii subito che le nostre antenne si sarebbero presto indirizzate verso quella società.

– Però, ora, signori – riprese il sacerdote – non vorrei che prendeste le mie parole come un atto di accusa verso la società dei Landi...

– Non si preoccupi, padre – lo interruppe Richard. – Lei ci ha detto solo qual è il simbolo della società di quei signori. Se ciò può avere qualche attinenza con l'omicidio di Aminah lo decideremo io e il mio amico.

– Quindi... farete delle indagini su quel delitto? – ci chiese speranzoso il sacerdote.

– Certamente – gli rispose il mister. – Quella ragazza ha chiesto aiuto a noi e, se non abbiamo avuto la possibilità di aiutarla da viva, vorremmo che almeno avesse giustizia da morta.

– Sono contento – disse, soddisfatto, don Claudio. – Spero che la morte della povera Aminah possa almeno salvare altri ragazzi nella sua condizione.

– Faremo tutto il possibile – lo rassicurò Richard.

– E io, da parte mia, vi darò tutto l'aiuto che potrò darvi – ci fece con il suo entusiasmo il sacerdote. – Non sarà molto, credo, ma potete contare su di me.

– La ringrazio, padre, ma... ora che ci penso, non le abbiamo offerto nulla... – disse con espressione rammaricata il mister.

– Oh! Non si preoccupi: fuori dai pasti non prendo mai niente – si avvicinò a noi come se dovesse rivelarci un segreto. – Sapete... non sembra, ma sto cercando di seguire una dieta!

– La vedo in forma – lo adulò il britannico, sorridendo. – Non ne ha bisogno.

Il pretino si schernì.

– Eh!...Ho i miei acciacchi, signor Green. E questa pancetta cresce sempre di più – si alzò dalla poltrona. – Ora è tempo di lasciarvi alle vostre occupazioni e porre fine a questa mia intromissione... ma sono contento di avervi conosciuto. Ero un po' restio a fare questa visita... non vi conoscevo e temevo di urtare la vostra privacy. Invece ho scoperto che siete persone buone e gentili...

– Ha fatto benissimo – confermò Richard. – Avevamo bisogno di parlare con una persona che conosceva l'ambiente per dare inizio alle nostre indagini... A proposito, se occorre, dove possiamo trovarla?

– Vi do il mio numero di cellulare – rispose solerte don Claudio. – Non fatevi scrupolo di cercarmi a qualsiasi ora. Consideratemi a vostra completa disposizione.

Scambiò il numero di cellulare con Richard e andò via tutto sorridente.

– Simpatico il nostro sacerdote – mi fece Richard, quando rimanemmo soli.

— Sì, molto simpatico... — ammisi. — Un po' troppo filosofico, ma simpatico.

Lui storse la bocca.

— Tu non capisci l'importanza della filosofia, per questo non la sopporti.

— Sono tutte chiacchiere! — sentenziai senza ritegno. — Piuttosto... che pensi di quello che don Claudio ci ha detto su quei signori...

— I Landi? Direi che meritano una nostra visita, che ne dici?

— Sono d'accordo, ma come ci presentiamo da loro? Li accusiamo apertamente di aver ucciso la ragazza e di averle ricamato dietro il collo la firma del loro delitto?

— Non ce n'è bisogno. Aminah lavorava da loro e si aspettano senz'altro una visita da parte degli investigatori. Prenderemo la cosa molto alla larga: lo sai qual è il mio metodo.

— Sì, ce l'ho presente... accarezzare il malcapitato prima di azzannarlo al collo — gli risposi sardonico.

— Esattamente — mi fece lui, sornione. Poi divenne più serio. — Vorrei tanto conoscere meglio la setta che dirigono. Quel genere di associazioni ha provocato un sacco di guai a tanta gente che già soffriva per altre cose. E ce ne sono migliaia in Italia, qualche tempo fa ho letto un resoconto da brividi.

Mi soffermai a riflettere su un particolare della chiacchierata di prima.

— Senti... quella lettera greca di cui ci ha parlato don Claudio... — dissi a Richard. — Somiglia davvero al segno che hanno fatto dietro al collo della ragazza?

— Sì... in pratica non c'è differenza con il tridente. In passato molto spesso il simbolo satanico è stato accostato a quella lettera proprio a causa di questa somiglianza.

Scossi la testa.

— Questo complica le cose — conclusi.

— Siamo solo all'inizio dell'indagine. Non possiamo fare alcuna supposizione.

Mi soffermai a riflettere sulla situazione.
– Cosa conti di fare, adesso?
– Telefono ai Landi per avere un appuntamento.
– Gli dirai chi sei?
– Certo. Non ho motivo di mentire.
– Secondo me, non ti riceve.
– Vedremo – si limitò a rispondere.

Cercò su internet il numero della società dei Landi, quindi telefonò. Gli rispose qualcuno quasi subito. Parlarono per poco tempo.

– Ti sbagliavi, ci hanno dato appuntamento per stasera – mi disse il mister, rimettendo il cellulare in tasca.
– Ti ha risposto uno di loro?
– No, la segretaria. Poi mi ha passato Oliviero Landi. E' lui che mi ha dato l'appuntamento.
– Beh... meglio così! Sono curioso di conoscere quei tizi... e ora che facciamo?

Cominciò a sparecchiare la tavola.
– Hai dimenticato perché siamo qui? – mi rispose, nel frattempo.
– Uhm... vuoi occuparti della compagna del tuo amico?
– Certo. Gliel'ho promesso. Se stamattina esce, la seguiremo.
– E... come faremo a sapere se esce?

Mi guardò, sardonico.
– Alle volte ti perdi in un bicchiere d'acqua – prese di nuovo il cellulare dalla tasca e me lo lanciò, lo presi al volo. – Telefona a Lorenzo e fattelo dire – mi disse.

Telefonai al vecchio. Mi disse che la compagna sarebbe uscita prima di mezzogiorno per recarsi in un negozio di abbigliamento in centro.

Lo riferii a Richard. Lui guardò l'orologio.
– Sono quasi le dieci... spero che facciamo in tempo a compiere l'operazione preliminare.

– Operazione preliminare?... – ripetei, corrugando la fronte. – Quale operazione?

– Vuoi seguire le bella Irina con il nostro Suv?

– No... lei ci ha visto...Ah! – finalmente avevo capito. – Dobbiamo noleggiare un'auto per seguirla...

– Bravo, socio! Vedi che, se ti ci metti, sei un'aquila?

– Crepa!

Poco più di mezzora dopo, uscimmo da una concessionaria con una Cinquecento bianca appena noleggiata. Per seguire una persona bisogna servirsi di un'auto che non si noti più delle altre, anzi, più è comune, meglio è.

Ci recammo presso l'abitazione di Lorenzo dopo avergli telefonato di nuovo per sapere se la compagna fosse già uscita. Ci rispose che sarebbe partita a breve. Così ci appostammo a un centinaio di metri dalla villa e dopo un quarto d'ora vedemmo una lussuosa Audi, guidata dalla donna, che usciva dal cancello.

– Mai e poi mai avrei immaginato che mi sarei messo a seguire donne potenzialmente infedeli – sbottai mentre la seguivamo.

– E' solo per fare un favore a un amico – mi rispose Richard. – Ti prometto che questa è la prima e l'ultima volta.

– Lo spero tanto.

La donna si diresse verso il centro di Firenze. Non la perdemmo mai di vista e, alla fine, si fermò davanti a una rinomata boutique. Anche noi parcheggiammo nei pressi e Richard mi guardò imbarazzato.

– Ehm... bisognerebbe accertarsi che rimanga nel negozio e non esca da qualche uscita posteriore.

– E perché lo dici a me?

– Perché io vorrei rimanere a controllare i tizi che stanno seguendo noi.

Lo guardai stupito.

– Siamo seguiti?

– Sì... una Golf grigia. Da quando siamo usciti di casa.

– E perché non me lo hai detto?

– Perché solo ora ne ho avuto la certezza.
Ci pensai un po' su.
– Ok, vado – dissi infine, prima di aprire lo sportello.
Uscii e gettai un furtivo sguardo dietro di noi. Vidi la Golf parcheggiata dietro altre auto, non distante dalla nostra. Mi diressi verso il negozio facendo finta di nulla. Scorsi la bella Irina che parlava con un'altra donna, probabilmente una commessa. Mi fermai sul marciapiede, dando le spalle al negozio ma senza voltarmi verso la Golf. Di tanto in tanto mi affacciavo sulla vetrina, nascosto dai manichini. Irina provava diversi abiti, sembrava davvero occupata a fare acquisti.

La cosa andò avanti per una mezzora, poi vidi la donna che si faceva imbustare un paio di abiti e capii che sarebbe uscita di lì a poco. Così me ne tornai verso la nostra auto.

– E' sempre lì dentro? – mi chiese il mister dopo essermi seduto.

– Sì... e i nostri amici sempre dietro di noi?
– Sempre! Non sono neppure usciti dall'auto.
Dopo qualche minuto, Irina uscì dalla boutique e risalì sulla sua Audi. Richard mise in moto e la seguì.

– Ci seguono sempre? – chiesi al mio socio mentre guidava.
Lui gettò uno sguardo nello specchietto retrovisore.
– Sì – rispose. – Ci seguono come ombre.
– La cosa non mi lascia tranquillo... e se li affrontassimo?
– Frena i tuoi bollenti spiriti – mi fece, calmo, lui. – In certe situazioni vince chi ha più pazienza.

Continuammo a seguire la donna nel traffico di Firenze.
– Non sta tornando a casa – constatò il mister a un certo punto.

Infatti stavamo procedendo verso la periferia ma non dalla parte di Arcetri.

– Vuoi vedere che il povero Lorenzo aveva ragione nel sospettare di questa tizia?

Richard mi guardò storto.

– Non ti sembra di correre un po' troppo nello sparare sentenze?

– Beh… il tuo amico ci ha detto che sarebbe andata in una boutique e basta. Qui, invece, stiamo andando altrove.

Finalmente la donna si fermò davanti a una casa non certo lussuosa. Scese e suonò il campanello, subito dopo si aprì il portone e lei entrò.

– Non possiamo seguirla lì dentro – feci notare a Richard.

– No, però possiamo prendere nota dell'indirizzo di quella casa e accertarci, in seguito, di chi ci abita.

– Giusto, socio! – approvai.

Presi il cellulare e guardai il GPS.

– Siamo in via dei Lincei e quello è il numero dodici – dissi.

– Bene. Ricordiamocelo – rispose Richard.

– E i nostri amici? Sempre alle nostre spalle? – chiesi.

– Ora non li vedo, ma questo non vuol dire niente.

La donna rimase una ventina di minuti in quella casa. Poi uscì e risalì in auto.

Continuammo a seguirla. Dopo un po' Richard mi avvisò, mentre guardava lo specchietto.

– I nostri compari sono riapparsi.

– Sempre dietro di noi?

– Sì. Ci seguono ancora, a un centinaio di metri.

Poco dopo, Irina rientrò nella villa e noi continuammo fino a casa nostra. Parcheggiammo la Cinquecento sul retro, poi scendemmo.

– Questo fatto di essere sempre seguiti non mi piace – dissi a Richard mentre entravamo in casa.

– Neppure a me, ma la cosa non deve preoccuparci. L'importante è averli scoperti.

– E… riguardo alla donna, pensi che la sosta in quella casa possa essere sospetta?

– Ce lo dirà Lorenzo. Mi ha detto che nel pomeriggio verrà da noi. A quanto pare, la schiena oggi va meglio.

Era ormai l'ora di pranzo. Richard si mise ai fornelli e preparò un bel piatto di spaghetti al pomodoro. Come secondo non avemmo problemi, Lorenzo si era preoccupato di fornirci un sacco di roba buona da mangiare, il frigorifero era pieno.

Dopo pranzo andai a schiacciare una pennichella in camera da letto. Richard si mise al computer in camera sua.

Mi svegliò il suono del citofono. Non avevo idea di quanto avessi dormito. Richard andò a rispondere, poi mi venne a chiamare.

– Alzati, dormiglione, c'è Lorenzo insieme a suo figlio.

Mi alzai senza troppa fatica. Dopo cinque minuti ero nel soggiorno. Richard, Edoardo e Lorenzo erano seduti sulle poltrone, io mi adagiai su una comoda sedia dopo averli salutati. Il mio socio mi informò subito su ciò che gli aveva detto Lorenzo.

– In via dei Lincei, al numero dodici, c'è una vecchia amica di Irina – mi disse.

– Quindi… tutto in regola?

– Sembra di sì – rispose il mister guardando il suo amico.

– Sì… Irina va spesso a trovarla – confermò Lorenzo. – Sono venute insieme in Italia e sono rimaste in ottimi rapporti. L'ha fatta conoscere anche a me, sembra una brava signora.

Parlammo di Irina e delle sue amicizie per qualche minuto, poi Richard cambiò discorso. Prima mi guardò, poi si rivolse a Lorenzo ed Edoardo.

– Devo informarvi che ieri siamo stati partecipi di un episodio singolare e tragico – disse ai due.

Lorenzo ed Edoardo rimasero sorpresi e guardarono preoccupati il mio socio. Prima che potessero parlare, Richard continuò, raccontando la storia di Aminah che ci aveva chiesto il suo aiuto, fino al tragico epilogo davanti la chiesa di San Vincenzo.

Il vecchio ci fissò con sgomento.

– Oh! Mio Dio! Che orribile tragedia! – esclamò.

— Cose da pazzi! — gli fece eco Edoardo. — Cose da pazzi! — ripeté adirato. — Questa città sta diventando un inferno! Non è ammissibile che accadano questi crimini!

— Ma... perché si è rivolta proprio a voi? — chiese giustamente il vecchio.

— Questo è un enigma — gli rispose il mio socio. — Potremmo pensare che la ragazza conoscesse il nostro lavoro... a proposito, voi avete parlato a qualcuno della nostra professione?

Lorenzo guardò il figlio. Edoardo corrugò la fronte.

— Beh... ne ho parlato durante la cena con quei nostri parenti... lo ammetto — disse Edoardo, guardandoci preoccupato. — Anche loro esprimevano dubbi sulla compagna di papà e io ho parlato di voi e del compito che avevate avuto.

— In quanti eravate? — gli chiese Richard.

— Una quindicina... spesso ci riuniamo... sono cene in cui si parla anche di lavoro.

— Oltre che con loro, ne ha parlato con altri?

Edoardo ci pensò, prima di rispondere.

— Sì... — ammise. — Ne ho parlato anche con qualche stretto collaboratore della società. Sapete... alle volte un discorso tira l'altro e...

— Non deve scusarsi — lo rassicurò Richard. — Nessuno poteva prevedere una situazione del genere.

— L'importante è che non lo venga a sapere Irina... — intervenne Lorenzo, guardando accigliato il figlio.

— Non l'ho detto a nessuno che potesse parlare con la tua compagna — ribatté Edoardo. — Puoi esserne sicuro.

Lorenzo stava per replicare ma Richard lo precedette.

— Posso chiedervi un'informazione sulla vicenda della ragazza?

— Dicci, dicci pure — lo esortò Lorenzo, distogliendo lo sguardo dal figlio.

— Sembra che Aminah lavorasse presso i signori Landi. Voi li conoscete?

– I Landi? Quelli della setta? – chiese il vecchio. – E' gente che non mi piace! – aggiunse, storcendo la bocca.

– Li conosco bene io – intervenne Edoardo. – Sono due fratelli, Filippo e Oliviero, e li definirei uno peggio dell'altro.

– Che potete dirmi di loro? – chiese ancora Richard.

– Le nostre famiglie sono nemiche da sempre – continuò Edoardo. – La rivalità risale addirittura al Medioevo: loro erano una famiglia ghibellina, la nostra era guelfa. Ma al di là di questi precedenti storici, anche ora non corre buon sangue tra noi e loro. I nostri interessi, più di qualche volta, si sono scontrati in passato e sono volati paroloni, se non parolacce.

– E' vero che gestiscono una specie di setta? – fece il mister.

– E' una setta vera e propria – lo corresse Edoardo. – Anche se cercano di mascherarla come società. E' soprattutto Oliviero che la gestisce, è considerato una specie di santone e ruba soldi a tutti gli adepti che credono in lui. La gente rimane soggiogata dalla sua personalità e dalle sue parole: fa quello che dice lui. E' incredibile quanta stupidità ci sia in giro, anche tra persone dotate di una certa cultura.

– E Filippo? Che ruolo ha? – chiese Richard.

– Filippo, in teoria, si occupa solo dell'azienda di famiglia, che opera nel terziario. Ma, oltre a ciò, è una specie di indemoniato perché odia la Chiesa e tutto ciò che è riferito a essa. E' orgoglioso di farsi chiamare "Filippo il Ghibellino", perché, come lei sa, i ghibellini andavano contro la Chiesa nel Medioevo. Dipendesse da lui, i preti andrebbero tutti messi al muro. Sono sue parole.

"Una famiglia esemplare!" pensai.

– Ma perché queste domande, Richard? – intervenne improvvisamente Lorenzo. – Sembra quasi che tu voglia indagare su quella ragazza...

– In realtà, puoi togliere il "quasi" – gli confermò il mister. – Ma questo non significa che vogliamo abbandonare l'indagine che ci hai affidato.

– Ah!... bene! – esclamò il vecchio. – Ma perché questo interesse verso quel delitto?

Richard rispose senza girare intorno all'argomento.

– La ragazza si era rivolta a noi per chiedere aiuto. Non siamo arrivati in tempo a salvarla ma la nostra coscienza ci impone di cercare giustizia per lei.

Lorenzo annuì.

– Capisco... siete persone nobili...

– Non temere – lo rassicurò ancora il mio socio. – Non trascureremo il compito che ci hai affidato.

– Ne sono certo, Richard – sorrise il vecchio. – Sei come tuo padre... la tua parola vale oro.

– Mi fa piacere essere paragonato a lui – gli rispose il mio amico, con una punta di malinconia.

Sapevo che Richard non aveva avuto un rapporto idilliaco con suo padre, ma per certe cose lo aveva ammirato. Me ne ero convinto sentendolo parlare di lui.

Parlammo di altri argomenti per parecchio tempo, finché si fece tardi.

– E' tempo di andare via – disse Edoardo dopo una pausa. – Il lavoro mi chiama.

– Come vi trovate in questa casa? – ci chiese Lorenzo mentre si alzava con una certa fatica.

– Benissimo! – gli rispose Richard. – Piuttosto tu, con la tua schiena?

– Fa ancora male, ma è sopportabile – rispose il vecchio avviandosi lentamente verso la porta.

Li accompagnammo fuori e ripartirono. Quindi rientrammo in casa.

– A quanto pare, i Landi, sono proprio tipi poco raccomandabili – feci a Richard.

– Già! Sarà interessante fare la loro conoscenza, stasera.

Riflettei su quello che avevo sentito da Edoardo.

– Mi chiedo come facciano le persone a farsi ammaliare a tal punto da certi truffatori – dissi.

– Stasera forse lo scopriremo – mi rispose lui.

– A che ora abbiamo appuntamento da loro?

– Alle diciotto. Ha raccomandato puntualità.

Guardai l'orologio, erano quasi le diciassette.

– Ti ha dato l'indirizzo? – gli chiesi.

– No, ma puoi vederlo su internet.

Tirai fuori il cellulare e misi il nome della società sul motore di ricerca.

– Si trovano a meno di tre chilometri da qui – dissi a Richard dopo aver trovato l'ubicazione.

– Bene! Possiamo prepararci con calma – rispose.

Capitolo 4 – Il Gran Maestro

Erano quasi le diciotto quando fermammo la Mercedes davanti al cancello della villa dei Landi. Una casa sontuosa, un'architettura tipicamente rinascimentale, su tre piani, e un bel porticato davanti. Tutt'intorno meravigliosi giardini all'italiana, con siepi scolpite lungo i vialetti e fontanelle zampillanti sparse dappertutto. Su una delle colonne che reggevano il cancello, c'era una targa con la famosa "psi", nera su sfondo dorato.
– Questa gente deve avere un sacco di soldi – dissi a Richard dopo essere sceso a suonare il campanello.
– Così pare – si limitò a rispondere lui.
Il grande cancello si aprì lentamente e noi percorremmo il viale alberato fino al parcheggio davanti all'abitazione. Scendemmo dall'auto e notammo un maggiordomo in livrea che ci aspettava sul portone di casa. Si trattava di un tizio sulla cinquantina, piuttosto cupo e arcigno. Ci dirigemmo da lui.
– Buonasera signori – ci salutò. – Il Maestro vi aspetta. Vi accompagno.
Entrammo nell'atrio della villa, estremamente raffinato e lussuoso. Marmi splendenti, ampi arazzi alle pareti, una scala semicircolare sontuosa. Sembrava una reggia.
Il domestico ci accompagnò al primo piano, passammo sotto un arco ed entrammo in un largo corridoio con il soffitto a volta. Sulle pareti, affreschi e quadri dai colori vivaci. Non credo fossero antichi. Finalmente il tizio che ci guidava si fermò davanti a una porta e bussò, affacciandosi all'interno.
– Maestro, i signori sono qui.
– Falli entrare, Romualdo.
"Romualdo? Che cassio di nome!" pensai.
Romualdo si scostò e ci lasciò passare. La stanza era grande ma, soprattutto, molto particolare. Le pareti erano rivestite da una specie di velluto rosso e molti quadri erano appesi con cornici

riccamente lavorate. Ritraevano paesaggi ameni e donne seminude, ma ciò che mi colpì maggiormente fu il profumo misterioso che aleggiava lì dentro: era molto gradevole, mi dette l'impressione che fosse qualcosa di orientale, estremamente raffinato. Anche i mobili erano in stile asiatico, ricchi di particolari e dalle forme più disparate.

Il tizio ci accolse seduto dietro una sontuosa scrivania. Era vestito completamente di nero: una giacca aderente, in un tessuto pregiato, con un collo rigido e alto; pantaloni dello stesso stile. Il viso magro, con capelli e barba nerissimi, nonostante l'età che giudicai più prossima ai sessanta che ai cinquanta. Il tutto estremamente curato nei dettagli. Penso che avesse anche un leggero tocco di matita nera intorno agli occhi, per farli sembrare più profondi.

– Buonasera signori – ci fece con un sorriso appena accennato. – Accomodatevi. – Ci indicò con la mano le due poltrone davanti alla scrivania. – A cosa devo il piacere di questa visita?

– Mi permetta di ringraziarla per averci dato la possibilità di incontrarla con un preavviso così breve – gli fece Richard. – Siamo qui per parlare di quella povera ragazza assassinata ieri sera, signor Landi.

Il tizio fece una smorfia come se avesse ricordato qualcosa.

– Ah! Sì. Me lo ha accennato per telefono… povera ragazza! – lo disse con un'aria di circostanza, come se in realtà non gliene fregasse per niente.

– Ho saputo che Aminah lavorava per voi – continuò Richard. – Vorrei chiederle qualcosa sul suo conto.

Il tizio annuì.

– Guardi, è già stato qui il commissario Mantelli, stamattina. L'ho fatto parlare con la mia collaboratrice, Selene. E' lei che si occupa delle nostre assistenti.

"Selene? Un altro accidente di nome!" pensai.

– Aminah era una vostra… assistente? – chiese Richard.

– Sì. In questa casa non ci sono né servi né domestici, ma solo assistenti. Evitiamo di richiamare ruoli e funzioni degenerative, tramandate dalla tradizione – rispose il "Maestro" mentre premeva un tasto su un apparecchio della scrivania.

Quasi subito, sulla porta comparve Romualdo.

– Puoi chiedere a Selene se può raggiungerci? – gli chiese Landi.

– Provvedo subito, Maestro – rispose il maggiordomo, piegando il capo.

Ci lasciò di nuovo soli.

Richard si guardò intorno, poi si rivolse al tizio che ci guardava sereno e impassibile.

– Posso avere qualche informazione sulla sua società?

– "Società"… – ripeté sospirando Landi. – Quale triste sostantivo per denotare una realtà tanto elevata e raffinata…

– Mi dispiace – si schernì Richard. – Mi è stato detto che questa è la definizione.

– Oh… non mi riferivo a lei – chiarì il santone – ma a ciò a cui ci costringe la fredda burocrazia. Sì, la mia bisogna definirla "società", così impone lo Stato italiano, ma questa è una realtà che percuote i cieli e sprofonda nell'intimo della natura umana, fino a coglierne l'Atman, l'essenza dell'esistenza, ed elevare l'anima al Nirvana, dove tutto esiste e tutto si nega.

Non ci capii 'na mazza.

– Mi sembra che lei ritenga di aver trovato la grande risposta al senso della vita umana – gli disse il mister.

Il tizio guardò Richard come io guardo gli scimpanzé dello zoo.

– La sua è un'affermazione forte, signor Green. Io posso solo risponderle che qui, tra queste mura, inizia il grande percorso che porta all'enfasi, alla completa realizzazione di sé, al raggiungimento di quella meta che, nella notte dei tempi, la Natura ha creato per l'uomo e poi la Storia ha obliato, con lo sviluppo delle proprie contraddizioni.

Continuavo a non capire, ma Richard sembrava raccapezzarci.

– La Natura ci ha quindi destinati a un fine benevolo? – chiese al tizio in nero.

– Tutto ciò che la Natura crea è benevolo – rispose l'altro, sempre con la sua parlantina calma e rassicurante. – E' l'uomo che, nella sua falsa evoluzione, ha distrutto l'armonia primordiale e ha portato l'infelicità nel mondo. Gli archetipi si sono formati seguendo gli istinti più bassi e tutto ciò che nobilitava la natura umana è stato represso. La Storia, signor Green, è la grande responsabile del dolore umano. Essa ha creato false illusioni, falsi dei, falsi ideali, sempre al servizio dei potenti. Così l'individuo si è smarrito, e ha perso definitivamente la sua strada. L'uomo è stato alienato, e ora arranca ancora dietro il pattume che egli stesso ha creato, fino a restarne sommerso... Rattrista il cuore osservare tanta tristezza e tanta sofferenza. Per questo non ho potuto fare a meno di creare questa realtà e di dedicarci studi, sacrifici e passione. Questa sarà la nuova Arcadia, la terra dove l'umano e la Natura convivono nel benessere e nell'Armonia. Sento che la Natura stessa mi ha destinato a questo disegno e io lo perseguirò con tutte le mie forze e le mie sostanze.

– Un intendo nobile!... – osservò il mio socio. Stava per continuare ma qualcuno bussò alla porta. Subito dopo entrò una donna di mezza età, avvolta in un vestito bianco, lungo fino alle caviglie. Bionda, con i capelli corti, truccata e incipriata, aveva ancora un aspetto piacevole.

Si avvicinò al tizio senza neppure degnarci di uno sguardo.

– Maestro, come posso rendermi utile?

Il santone ci indicò con la mano.

– I nostri ospiti vorrebbero farti delle domande sulla nostra povera assistente venuta a mancare ieri sera.

Selene sembrò accorgersi di noi che, comunque, ci trovavamo davanti a lei.

– Buonasera signori – ci disse con un sorriso compiacente. – Ho già parlato di Aminah a un commissario, proprio questa mattina, ma, se occorre, darò una risposta anche alle vostre domande.

Poteva tagliar corto con un semplice "va bene" ma sembrava che in quella casa tutti i discorsi andassero per le lunghe.

– Buonasera, signora Selene. Mi chiamo Green, Richard Green, e lui è il mio socio, Peppino Politi.

– Lo so, vi ho risposto io questa mattina, signor Green – fece lei, accennando un inchino.

– Da quanto tempo la ragazza lavorava in questa casa?

– Aminah ci assisteva nelle pulizie di casa da poco più di due mesi.

– Si occupava, quindi, delle pulizie?

– Il suo compito lo svolgeva nella lavanderia, giù, al piano interrato. Si occupava della pulizia dei nostri abiti, insieme ad altre due assistenti.

Richard guardò il santone.

– Non faceva parte della vostra... società?

Il tizio sembrò turbarsi come se avesse sentito una grossa bestemmia.

– Per carità! No! Assolutamente no, signor Green. Per iniziare il nostro cammino bisogna sottoporsi a una adeguata preparazione e solo gli individui più sensibili all'Atman, al soffio vitale, possono intraprendere il lungo percorso.

– E Aminah non aveva questa sensibilità?

Il tizio accennò un sorriso di compassione.

– Vede, signor Green, la prima manifestazione di quella sensibilità consiste nel cercare la Strada, il porsi delle domande, e quella povera figliola non ha mai manifestato nulla di simile.

– Aminah svolgeva molto bene il suo ruolo di assistente – riprese Selene, dopo essersi assicurata che il "Maestro" avesse terminato con le sue illuminazioni. – Era una ragazza cosciente e responsabile. Questo posso assicurarlo con certezza.

– Lavorava tutto il giorno in questa casa?

– Otto ore. Aveva un contratto per otto ore, secondo quanto previsto dai contratti standard del settore. Né un'ora in più, né un'ora in meno. Tutto nel rispetto della legge italiana – guardò il tizio in nero con devozione – anche se il nostro Maestro ci ha insegnato che il tempo non è uguale per tutti, e tutti dovremmo disporne secondo i nostri bisogni.

Richard fissò per un attimo il pavimento. Secondo me stava pensando che tutte quelle chiacchiere non servivano a niente. Poi tornò a guardare Selene.

– Ci ha detto che Aminah lavorava con altre due persone – le disse. – Potremmo parlare con loro?

La donna non rispose e guardò il tizio.

– Questo non è possibile – ci disse il santone con la solita beatitudine. – Questo è un ambiente incontaminato, lontano da una realtà che è ormai alle nostre spalle. La separazione dal mondo corrotto deve essere rispettata. Alcuni nostri assistenti hanno espresso la volontà di intraprendere il cammino e le due donne che lavoravano con Aminah sono tra queste. Abbiamo il dovere di rispettare la loro volontà.

Avevo l'impressione che quell'articolo ci stesse prendendo per i fondelli.

– Potremmo parlare con altri "assistenti" che non hanno intrapreso il cammino? – chiese ancora Richard.

Il santone accennò l'ennesimo sorriso.

– Vedo nei vostri cuori un forte attaccamento agli archetipi primordiali. Sono distante dal vezzo malevole del dubbio e del male. Per questo vi dico che ogni informazione utile di ciò che succede in questa casa potete conoscerla solo da me e, in subordine, dai miei collaboratori. Sono sordo alle richieste provenienti da un tipo di pensiero ormai lontano dalla nostra realtà. Non me ne vogliate, ma la protezione di questo cammino spirituale è fondamentale e necessaria. Del resto tutti i nostri assistenti hanno fatto voto di non parlare a nessuno di questa casa e di ciò che vedono e non capiscono.

– Sono stati minacciati? – chiese il mister senza mezzi termini.
"Stavolta il Maestro s'incazza!" dissi a me stesso.
Invece quello non perse neanche un briciolo della sua serafica calma.

– Nessuna minaccia, signor Green. Anche coloro che non sono pronti al Grande Cammino sanno che la meta è molto alta e la rispettano.

– Bene, signor Landi – disse Richard alzandosi. – La ringrazio per la pazienza. Credo sia giunto il momento di togliere il disturbo.

– Nessun disturbo – rispose il santone, senza alzarsi. – Sempre a disposizione di chi ha bisogno di me. Chiamo Romualdo per farvi accompagnare.

Il maggiordomo entrò subito dopo, ci prese in consegna e ci guidò fin giù, al pianterreno.

Uscimmo e ci avvicinammo alla nostra auto. Richard mi fece cenno di mettermi al volante. Entrammo, misi in moto e ripartimmo.

– Vai piano – mi disse lui mentre percorrevo il viale.

Lo vidi guardarsi intorno e si soffermò a lungo su un punto. Io rallentai fin quasi a fermarmi. Lui mi fece cenno di continuare adagio. Giungemmo davanti al cancello e una fotocellula lo fece aprire automaticamente.

– Cos'hai visto? – gli chiesi dopo aver superato l'uscita.

– Dietro la villa c'è una costruzione più piccola, bassa, e mi sembra costruita di recente. Credo che ci sia un piano interrato.

– Pensi che si tratti di qualcosa di losco?

– Può darsi. Sarebbe interessante dargli un'occhiata.

Lo guardai di sbieco.

– Non so se le hai viste, ma ci sono un sacco di telecamere in giro

– Le ho viste, ma mi piacerebbe lo stesso dare un'occhiata lì dentro.

Emisi un "Mah!..." e continuai a guidare.

– Il nostro Maestro aveva una bella parlantina… – gli dissi dopo un po'.

– Non farti ingannare dalle chiacchiere – mi rispose il britannico. – Si trattava di un misto di filosofia orientale, mischiato con un po' di idealismo hegeliano e la concezione antropologica di Rousseau. Roba fritta e rifritta che non ha alcun senso se proclamata al di fuori di quel clima di misticismo di cui si circonda il nostro santone.

– Mi chiedo come faccia la gente a farsi imbrogliare da quella roba.

– Il discorso non è semplice – mi fece lui. – A noi le chiacchiere del santone ci sono scivolate addosso perché abbiamo una vita, tutto sommato, appagante e soddisfacente. Ma mettiti nei panni di chi ha un sacco di incertezze, che magari soffre per qualche malattia o ha problemi di depressione. Ti posso assicurare che quelle stesse parole, in un contesto così sereno e rassicurante, possono far breccia e spingere a pensare che il "maestro" abbia davvero trovato il segreto della vita e della felicità.

– Uhm… sì, hai ragione – ammisi. – Il tizio l'ha costruita bene la fregatura.

– Aggiungi che è dotato di una forte personalità. Sapeva bene che noi non potevamo abboccare alle sue fesserie ma ha portato avanti il discorso in modo imperturbabile, recitando senza tentennamenti il suo copione. Anche quando l'ho provocato non ha battuto ciglio.

– E' vero, l'ho notato anch'io – risposi. – Ha saputo creare un'atmosfera particolare intorno alla sua figura… anche quel profumo che si sentiva contribuiva a creare un clima rilassante…

– Non chiamarlo "profumo" – m'interruppe lui. – Quella è un'altra diavoleria che fa parte della messinscena. E' composta da una sostanza ricavata dalla cannabis e, se inalato in grande quantità, contribuisce a rallentare la percezione della realtà e ad annullare la capacità oppositiva. Puoi essere certo che, dopo che siamo andati via, il nostro santone si è affrettato ad aprire le finestre e far uscire tutta l'aria intrisa di quella sostanza.

Gli rivolsi uno sguardo perplesso.

– Inventano un sacco di porcherie!

– Purtroppo sì... e questa proviene proprio da casa mia: è una droga creata dai laboratori del crimine inglesi, nei primi anni del Duemila.

Continuai a guidare fino a casa. Era ormai sera, il sole era tramontato. Prima di azionare il cancello elettrico il mister guardò l'orologio.

– Sono quasi le venti – mi disse. – Il tuo stomaco non ti dice nulla?

– Comincia a tirare calci – constatai.

– Hai voglia di preparare la cena?

– Uhm... non tanto.

– Neppure io, che ne dici di cercarci un ristorante?

– Approvato!

– Scendiamo a Firenze e tieni d'occhio lo specchietto retrovisore – mi fece lui.

All'istante non capii, poi mi ricordai dei nostri pedinatori.

– Puoi contarci, capo!

Mi diressi verso il centro della città. Scegliemmo un ristorante nei pressi di Palazzo Pitti.

– Ci ha seguiti nessuno? – mi chiese il mister prima di scendere.

– Credo proprio di no – risposi.

Entrammo nel locale, non molto grande ma accogliente. La guida Michelin gli dava ben due stelle... Fu una buona cena, non ottima, solo buona... Tutto sommato, mi aspettavo di più. Richard sapeva fare di meglio.

Il giorno dopo ci alzammo quando il sole era già alto nel cielo. Prima di andare a dormire avevamo deciso che la mattina seguente l'avremmo dedicata a seguire le tracce della bella Irina, ma Lorenzo telefonò a Richard, quando già stava a letto, avvertendolo che la sua compagna aveva cambiato programma e non si sarebbe mossa da casa.

Dopo la colazione, decidemmo di uscire ma, prima che potessimo farlo, sentimmo suonare il citofono. Era don Claudio, entrò nel soggiorno insieme a un giovane dall'aria triste e malinconica. Ce lo presentò, si chiamava Tommaso Gori ed era di Firenze.

– Spero di non disturbare – ci disse il sacerdote dopo le presentazioni. – Volevo telefonare ma, dato che dovevamo passare da queste parti, ho provato direttamente a citofonare… siete occupati?

– Per niente – gli rispose il mio socio. – Accomodiamoci, parleremo più comodi.

Ci sedemmo, intorno al tavolo. Nel frattempo osservai di soppiatto il giovanotto. Sembrava molto provato, doveva avere qualche grosso problema, mi fece un po' pena.

– Dovete scusarmi, signori – iniziò il pretino. – Forse sto approfittando troppo della vostra disponibilità…

– Mi scusi se la interrompo, padre – gli disse il mister. – Ma lei non deve avere queste preoccupazioni. Le posso assicurare che io e il mio socio la vediamo sempre con molto piacere – gli mise una mano sul braccio e il sacerdote si sentì rassicurato.

– Sono molto contento della vostra gentilezza – riprese. – Ieri abbiamo parlato di quella triste faccenda e, così, ho pensato di farvi conoscere questo bravo giovane che ha un grosso problema proprio con quella setta – guardò il tizio accanto a lui ma quello abbassò lo sguardo, un po' imbarazzato. Così don Claudio continuò. – Conosco il mio amico Tommaso da tanto tempo. Ho celebrato il suo matrimonio con Fabiola, tre anni fa. Una bella coppia, all'inizio, poi sono cominciati i problemi, dopo la morte della madre di sua moglie…

Finalmente il giovane intervenne.

– Sì... mia moglie era molto attaccata a sua madre – iniziò. – Non faceva nulla se prima non si confrontava con lei. Quando l'ho conosciuta, questo fatto mi dette un po' fastidio, ma in seguito capii che Fabiola mi voleva bene e questo rapporto esagerato con la madre non interferiva troppo con il nostro amore... Poi, però, è successa la disgrazia. Sua madre è morta in seguito a un incedente e Fabiola... ne è rimasta sconvolta. È sprofondata in una forte depressione, non le importava più niente di tutto... compreso me. Ha cominciato ad avere comportamenti strani... si chiudeva per ore in camera, non parlava, non faceva più nulla in casa, non voleva vedere più nessuno... i nostri amici, i nostri parenti... nessuno! – gli venne un nodo alla gola, ma riuscì a continuare. – Andò avanti così per mesi, finché un giorno cominciò a uscire, da sola, non voleva che io l'accompagnassi, anzi... sopportava a malapena la mia presenza in casa. Le prime volte tornava dopo qualche ora e non mi diceva nulla su dove era andata. Poi cominciò a rientrare sempre più tardi e, allora... decisi di seguirla, di nascosto. Una mattina, lei uscì come al solito, senza dirmi nulla, prese la sua auto e partì, io la seguii con la mia... – il giovane si fermò, come se soffrisse troppo ad andare avanti. Poi continuò. – Dopo aver percorso le vie del centro, vidi che prendeva la strada per Arcetri... mi meravigliai: in quella zona non conoscevamo nessuno. Finché, a un certo punto, vidi che si fermava davanti al cancello dei Landi. Non scese neppure dall'auto per suonare al citofono... il cancello si aprì automaticamente e lei... sparì oltre – s'interruppe e abbassò la testa. Provai una gran pena. Richard gli mise una mano sulla spalla e lui riuscì a continuare. – Quel giorno, quando lei tornò a casa, commisi un grave errore. Le confessai di averla seguita e cercai di metterla in guardia sulla setta dei Landi, di cui avevo già sentito parlare... Ebbi, però, solo il tempo di dire poche parole. Lei divenne... una belva! Mi saltò addosso, urlando, mi graffiò il collo, mi spintonò, mi dette dei pugni... sembrava volesse uccidermi. Poi, dopo avermi guardato con un odio profondo, si voltò e uscì di casa… non l'ho più vista… – non riuscì a dire altro. Tornò a coprire il volto con le mani. Per qualche istante nessuno se la sentì di parlare.

– Si faccia coraggio – gli disse infine Richard. – Cercheremo noi di capire cosa sta succedendo.

Il giovane tolse le mani dal volto e respirò profondamente. Aveva gli occhi rossi e umidi.

– Grazie, signor Green – rispose. – Io… io sto diventando pazzo per questa storia.

– E' una storia molto triste – disse Richard. – Ma non è detto che non se ne possa venire a capo.

– Lo volesse il cielo! – esclamò senza troppa convinzione Tommaso. – Ma credo che neppure un miracolo possa restituirmi Fabiola.

Richard fissò per qualche attimo il tavolo, poi si rivolse ancora al giovane.

– Avete figli? – gli chiese.

– No… lei non li ha mai voluti.

Richard mi guardò, poi si rivolse ancora al giovane.

– Posso farle una domanda personale?

– Può chiedermi qualsiasi cosa.

– Com'è la vostra situazione finanziaria?

Il giovane lo guardò, forse un po' deluso.

– Non abbiate timore, posso pagare qualsiasi prezzo mi chiediate.

Non potei fare a meno di sghignazzare sommessamente. Tommaso mi guardò un po' disorientato.

Richard gli spiegò.

– Mi ha frainteso – gli disse. – Non le chiederemo alcun compenso per il nostro aiuto. La mia domanda era destinata solo a verificare una mia ipotesi.

– Ah… capisco – fece il giovane un po' confuso. – Beh, io sono benestante, sono un dottore. E Fabiola è figlia di un ricco imprenditore.

Richard annuì.

– Vede, signor Gori, le sette come quella dei Landi, prendono di mira gente facoltosa convincendola spesso a fare ricche donazioni alla setta stessa. Lei sa se Fabiola sta facendo queste donazioni?

Tommaso abbassò lo sguardo.

– No... abbiamo conti bancari separati. Io non ho accesso al suo.

– E suo suocero sa se ci sono state richieste di denaro?

Il giovane sospirò.

– Mio suocero è in pena quanto me. Fabiola è la sua unica figlia e... a dire il vero, in questo periodo non ama parlare di lei con me. Lo fa per non darmi altri dispiaceri, mi ha detto.

Richard mi guardò e il sospetto venne anche a me. Forse il suocero non voleva dirgli che Fabiola aveva cominciato a chiedergli del denaro.

– Sa se suo suocero riesce a vedersi con Fabiola? – gli chiese ancora il mio socio.

– No... neppure con lui mia moglie si fa viva. Ne sono certo.

Don Claudio ascoltava in silenzio, ma notai che aveva gli occhi lucidi. A un certo punto intervenne.

– Tommaso lo conosco da tanto tempo. Era un giovane sempre allegro e dinamico. Ora questa storia lo sta travolgendo e sono preoccupato per lui. Per questo ieri sera gli ho parlato di voi e del vostro interesse per quella setta.

– Ha fatto bene – gli disse Richard. Poi si rivolse di nuovo al giovane. – Ha cercato di scoprire qualcosa sulla situazione di quella setta?

– Sì... per quanto mi è possibile, ho cercato informazioni – rispose l'altro. – Ho solo notizie frammentarie. So che quando si riuniscono usano coprirsi il volto con una maschera bianca e qualcuno è convinto che fanno uso di droghe e allucinogeni per isolarsi dalla realtà. Ho sentito dire che... insomma, fanno anche pratiche sessuali particolari, ma... non sono in grado di distinguere la realtà dalle chiacchiere della gente. La cosa certa è che si tratta di una società molto misteriosa, avvolta da segretezza e omertà. E questo, naturalmente, contribuisce a farmi angosciare.

– Si è rivolto alle autorità?

– Sì, certo. L'ho fatto dopo che Fabiola è andata via di casa. Mi sono rivolto alla polizia ma mi hanno risposto che già in passato ci sono state denunce senza alcuna conseguenza. Loro hanno le mani legate perché, in superficie, sembra tutto legale.

– Lo immaginavo – gli rispose Richard. – In genere, queste sette si preoccupano di non far trapelare nulla di illecito all'esterno. Sanno bene che i familiari delle vittime cercano disperatamente di appigliarsi a ogni cavillo giudiziario per trascinare fuori da quelle trappole i loro cari.

– Sono… sono dei criminali spietati – disse a denti stretti il giovane. – Sembra assurdo che possano fare tanto male senza che le autorità possano intervenire… inoltre… – S'interruppe. Sembrava molto indeciso se continuare o meno.

– Può dirci tutto quello che sa senza alcuna preoccupazione – lo esortò Richard. – Le cose dette qui dentro rimarranno tra noi.

Il giovane strinse le labbra, poi continuò.

– Non vorrei mettervi su una falsa pista – ci disse – ma l'altro giorno un mio conoscente mi ha detto di aver visto Fabiola che entrava in un palazzo presso il centro di Firenze, insieme a persone che non ha mai visto. Mi ha anche detto di non essere sicuro che si trattasse di lei… per questo esitavo a dirvelo.

– Lei sa qual è il palazzo? – gli chiese il mio socio.

– Sì, me lo sono fatto spiegare bene da quel mio amico… ho anche l'indirizzo. Sono andato io stesso a controllare quella casa. A un certo punto ho ceduto alla tentazione e ho citofonato, ma nessuno mi ha risposto.

– Può darmi quell'indirizzo?

Il giovane dettò l'indirizzo e io lo salvai negli appunti del mio cellulare.

Tommaso ci guardò per qualche istante, i suoi occhi esprimevano tutta la sofferenza che doveva aver provato in quei mesi.

– Signori... – ci disse alla fine. – Io... ero molto legato a mia moglie. L'amavo e l'amo ancora. Non riesco a rassegnarmi alla sua perdita... don Claudio mi ha detto che sembrate persone oneste e capaci... aiutatemi, vi prego. La polizia non può fare nulla e non so più dove sbattere la testa. Aiutatemi... e io vi darò tutto quello che chiederete.

Richard gli rispose, pacato.

– Lei, Tommaso, è sconvolto profondamente. Noi faremo tutto ciò che possiamo fare per aiutarla... e anche di più. Ma, per favore, non parli più di ricompense. Io e il mio amico svolgiamo altre attività, non abbiamo bisogno di soldi. Ci occupiamo di reati perché abbiamo una storia di investigazioni alle nostre spalle e non sopportiamo le ingiustizie. Lei cerchi di calmarsi e di tornare a vivere. Al resto, a tutto il resto che si può fare, penseremo noi. Se esiste una sola possibilità di portare Fabiola fuori da quell'inferno, le prometto che la sfrutteremo fino in fondo.

Il giovane, probabilmente, fu commosso dalle parole di Richard e scoppiò a piangere come un bambino. Don Claudio si alzò dalla sedia e lo strinse a sé, senza parlare. Il solito moscerino vagante mi entrò nell'occhio e dovetti scacciarlo con la punta delle dita. Restammo così, in silenzio, per alcuni istanti. Alla fine il giovane si ricompose e si alzò, asciugandosi le lacrime con il fazzoletto che gli aveva dato il sacerdote.

Ci guardò, imbarazzato.

– Scusatemi... mi rendo conto che un uomo dovrebbe comportarsi diversamente ma... non ce la faccio più.

– Nella sua situazione, un uomo si comporterebbe esattamente come lei – lo rassicurò Richard.

Il giovane annuì e don Claudio gli batté la mano sulla spalla.

– Dio non ti abbandonerà, Tommaso – ci guardò, sorridente.
– E lo dimostra il fatto che ci ha fatto incontrare con due angeli custodi.

Il giovane cercò di sorridere, ma il risultato non fu esaltante.

– Te la senti di guidare? – gli chiese don Claudio. – Io vorrei restare un altro po' con i nostri due amici per parlare di un'altra questione. Poi mi farò una passeggiata per tornare in canonica.

– Sì, sì, certo – lo rassicurò Tommaso. – Non preoccuparti… è passata.

Il giovane ci guardò con riconoscenza, poi aprì la porta e andò via.

Il sacerdote rimase per un po' a guardare la porta chiusa, poi si voltò verso di noi.

– Povero ragazzo… quanto dolore vederlo soffrire così!

– Torni a sedersi, padre – gli disse Richard. – Immagino che voglia dirci qualche altra cosa su questa storia… qualcosa che il giovanotto non deve sentire.

Don Claudio lo guardò e annuì.

– Lei è molto acuto, signor Green… Sì, è vero, devo rivelarvi un'altra cosa, ed è meglio che Tommaso non lo sappia. Già soffre abbastanza.

– Non si siede? – gli fece il mio socio.

– No… devo andare via. Ho alcune cose da fare – seguì una pausa, poi riprese. – Io conosco bene il padre di Tommaso e gli ho parlato qualche giorno fa. Mi ha detto che Fabiola si trova veramente nel palazzo di cui vi ha parlato Tommaso, e ha aggiunto che quello è un luogo molto ambiguo, con delle brutte dicerie. Lui si è anche rivolto a una agenzia investigativa ma quelli, dopo qualche giorno, gli hanno risposto che non possono interessarsi della vicenda. Ha ricevuto la stessa risposta da altre agenzie. A quanto sembra, hanno tutti timore di scontrarsi con quelle persone.

– Cosa dicono le "brutte dicerie"? – gli chiese Richard.

– Non me l'ha saputo dire. O non ha voluto dirmelo. Ma mentre ne parlavamo era profondamente prostrato. Ha anche ricevuto richieste di denaro dalla figlia ma non gliele ha concesse. E per questo motivo la figlia non parla più neppure con lui. Prima, almeno, riusciva a sentirla qualche volta per telefono, ma ora non gli risponde più. Tommaso queste cose non le sa e, credo, sia meglio che non le sappia.
– Lo penso anch'io – gli rispose Richard. – E' inutile accrescere il suo dolore.
Il prete sospirò.
– Bene. Ci tenevo a dirvelo. Ora è tempo che vada via anch'io.
Don Claudio, poco dopo, ci lasciò e io mi rivolsi al mio socio.
– Una storia maledetta! Spero di poter fare qualcosa per quel povero ragazzo.
– Lo spero anch'io, ma non sarà facile. Quindi armiamoci di pazienza – mi rispose lui. – Guarda dove si trova quel palazzo di cui ci hanno parlato – aggiunse.
Presi il cellulare e digitai l'indirizzo sulla piantina di Firenze.
– E' un grosso palazzo, con un cortile interno, dalle parti della basilica di Santa Croce – gli dissi.
– Quindi è proprio in centro – rifletté lui. – Mi piacerebbe visitarlo… fai vedere.
Gli porsi il cellulare e lui studiò la zona.
– Uhm… con un po' di fortuna, potremmo farcela… – bofonchiò.
– Farcela… cosa?
– Ad entrare. Che altro?
– Scherzi? Sarà sorvegliato! Non credi?
– Lo credo senz'altro ma… se studi bene l'immagine, forse ti convinceresti anche tu.
Ripresi il cellulare e guardai bene il palazzo. Non capii a cosa alludesse il mister e mi arresi.
– A cosa ti riferisci?

– Il palazzo di fianco… – mi rispose. – E' più alto e, soprattutto, ha un terrazzo.

Cominciai a intuire.

– Uhm… vuoi calarti dal terrazzo di quell'edificio sul tetto del nostro palazzo…

– Esatto, compare!… Come vedi, sul tetto del palazzo da "visitare" ci sono un paio di abbaini e, da quegli abbaini, possiamo scendere all'interno. In genere, sotto gli abbaini ci sono le soffitte, spesso adibite a ripostigli, quindi non molto frequentate.

Lo guardai dubbioso. Non capivo se stesse scherzando.

– Una passeggiata, insomma! – gli feci, sarcastico.

– No, non proprio una passeggiata – mi rispose tranquillo. – Ma si può fare.

Stava parlando sul serio!

– Ehm… qui, in Italia, abbiamo un reato. Si chiama "violazione di domicilio" e ti danno da uno a quattro anni di reclusione – gli feci notare.

– Sì, ma solo se ti acchiappano – mi rispose con la solita flemma.

Mi grattai il mento con un dito.

– Ma… perché correre un rischio del genere?

Lui mi guardò, pensoso, poi si sedette.

– Abbiamo poche possibilità di trovare le prove dei crimini di quella setta – mi disse. – Sono avvolte dal mistero, i loro adepti sono dei fanatici, mantengono tutto nel segreto più rigoroso. Ho indagato più volte, a Londra, su sette del genere, ed è stato sempre molto difficile ottenere dei risultati. Apparentemente sembra tutto legale e trovare un cavillo per smascherare i loro reati non è facile. Però, una volta individuato il mattone marcio, si riesce a far crollare tutto l'impianto con relativa facilità.

Ci riflettei su e annuii.

– Quindi, credi di trovare lì dentro il… mattone marcio?

– Lo spero… posso solo sperarlo, per il momento. E' un rischio che dobbiamo correre. Per Aminah e per Fabiola.
Mi aveva convinto.
– Sì… lo credo anch'io – ammisi.

Capitolo 5 – Un interessante colloquio

Il suono del citofono interruppe i nostri discorsi. Richard andò a rispondere, premette il pulsante di apertura del cancello, poi si rivolse a me.
– E' Edoardo. Ha una cosa urgente da dirci.
Il tizio entrò in casa subito dopo. Sembrava trafelato.
– Scusate l'invadenza, signori, ma poco fa ho avuto un'informazione molto importante e dovreste agire con una certa fretta.
– Ci dica, signor Baldini – gli fece Richard.
– Ecco… – sembrò imbarazzato, ma continuò. – Ecco: io ho molta confidenza con una domestica di mio padre… si tratta proprio della donna al servizio di Irina… non pensate a male, non l'ho incaricata di spiare la compagna di mio padre… è solo per precauzione…
– Abbiamo capito – tagliò corto Richard. – Ci dica cosa ha saputo.
– Nel pomeriggio Irina deve vedersi con una persona che ha già incontrato altre volte. Non so chi sia ma ho il forte sospetto che possa essere un suo… conoscente particolare.
– Un amante o un complice? – chiese il mister senza preamboli.
Edoardo deglutì nervosamente.
– Sì… potrebbe rivestire quei ruoli. Perciò sarebbe molto utile sapere chi è e perché incontra Irina.
Richard socchiuse gli occhi.
– La domestica come ha avuto questa informazione? – gli chiese.
– Beh… questo non penso sia importante… – bofonchiò Edoardo.
– Lo è, invece – replicò Richard. – Serve a stabilire l'attendibilità della notizia.

Il tizio sospirò profondamente.
– E va bene – rispose. – Ha sentito di nascosto una conversazione di Irina al cellulare.
"E meno male che non era una spia!" pensai.
Edoardo riprese con una certa veemenza.
– Se riusciste a piazzare un microfono nascosto nella sua auto forse potremmo riuscire a capire molte cose.
Richard mi guardò per un attimo, poi si rivolse al tizio.
– Dove si trova l'auto di Irina?
– Nel garage della villa. Posso farvi entrare nella rimessa senza che Irina e mio padre se ne accorgano.
– In che modo?
– Potete nascondervi nel sedile posteriore della mia auto: ha i vetri oscurati. Vi porterò nella villa di mio padre e parcheggerò nel garage. Poi vi lascerò e andrò da lui. Resterò con mio padre poco tempo, poi mi inventerò qualcosa per andare via subito e tornare nel garage. Nel frattempo voi potrete piazzare il microfono nell'auto di Irina... che ne dite?
Richard fissò per un attimo il pavimento. Alla fine annuì.
– E' un buon piano – disse, finalmente.
– Bene! – esclamò soddisfatto Edoardo. – Possiamo metterlo in pratica subito?
– Sì, il tempo di prendere le cose necessarie e possiamo partire – acconsentì il mio socio.
Ci scambiammo un'occhiata di intesa, poi uscii dalla casa e andai ad aprire il nostro Suv parcheggiato nel retro. Aprii il bagagliaio e tolsi la copertura del sottofondo, dove erano custoditi gli attrezzi del mestiere. Presi i minuscoli microfoni e altri piccoli aggeggi necessari a impiantarli nell'abitacolo dell'auto di Irina. Poi tornai in casa.
Richard s'era già messo il giubbotto. Io indossai il mio e uscimmo. Salimmo sull'auto di Edoardo e partimmo.
Poco dopo giungemmo davanti alla villa di Lorenzo. Io e Richard, per sicurezza, ci rannicchiammo sul fondo dei sedili, ma

nessuno si avvicinò all'auto. Edoardo aprì il cancello con il suo telecomando e fece la stessa cosa con la saracinesca del garage. Poco dopo parcheggiò l'auto all'interno, scese e aprì lo sportello posteriore.

– Potete scendere – ci disse. – Non c'è nessuno in giro.

Uscimmo dall'abitacolo. Eravamo in uno spazioso garage con tre auto parcheggiate, oltre a quella da cui eravamo scesi. Edoardo ci indicò l'Audi di Irina.

– La lascia sempre aperta, in garage… Io vado su e cercherò di tornare tra un quarto d'ora. Dirò a mio padre che avevo dimenticato di avere un importante appuntamento di lavoro.

– Un quarto d'ora sarà sufficiente – lo rassicurò Richard.

Edoardo si diresse verso una porticina e salì su. Noi ci accingemmo a fare l'operazione. Montammo il minuscolo microfono sotto il sedile posteriore dell'auto di Irina, in una posizione che, in pratica, lo rendeva invisibile. A un certo punto, però, mi accorsi che ero l'unico a lavorare, lì dentro. Guardai Richard che se ne stava, pensieroso, a guardare l'interno del garage.

– Ehi, sfaticato! – lo punzecchiai. – Non mi offenderei se mi dessi una mano.

Mi rispose sarcastico.

– So che sei molto più bravo di me in queste operazioni. Quindi ti lascio fare. Ho piena fiducia in te.

In realtà, avevo quasi finito. Collegai due cavetti tra loro, nascondendoli sotto la tappezzeria e uscii dall'auto. Mi avvicinai al britannico.

– Si può sapere a cosa pensi?

– Niente… sai che il mio cervello non se ne sta mai tranquillo.

– C'è qualcosa che ti preoccupa?

– No… solo idee senza fondamento. Quindi è inutile parlarne.

Sapevo che, in quelle circostanze, era inutile insistere.

– Come vuoi – risposi. – Io, comunque, ho fatto.

– Vediamo se funziona bene – propose lui.

Si sedette al posto di guida dell'Audi e chiuse lo sportello. Io accesi il mio cellulare e aprii l'applicazione collegata al microfono che avevo piazzato. Sentii Richard che recitava i primi versi della Divina Commedia: il microfono funzionava perfettamente! Gli feci segno con il pollice alzato. Lui smise di parlare e uscì.

– Bene... non ci resta che aspettare Edoardo per andare via – mi disse.

Lo conoscevo troppo bene per non capire che c'era qualcosa che non lo convinceva.

– Sicuro di non volermi dire cos'hai per la testa?

– Non ha importanza. Per il momento è un'ipotesi senza senso. Ti confonderei solo le idee.

Non insistetti e parlai d'altro.

Edoardo, come promesso, tornò giù dopo pochi minuti.

– Tutto a posto? – ci chiese.

– Tutto a posto – confermò Richard. – Possiamo andare.

Risalimmo dietro la sua auto rannicchiandoci sui sedili. Lui fece aprire la serranda e, poco dopo, fummo per strada. Io e Richard ci mettemmo comodi.

– Volesse il cielo che oggi scoprissimo il vero volto di quella donna – fece Edoardo.

– Lo speriamo anche noi – gli rispose il mio socio. – E speriamo che non deluda suo padre. Mi dispiacerebbe molto dare una brutta notizia a Lorenzo.

– Lo spero anch'io, signor Green, ma sono molto perplesso. Credo che mio padre debba rendersi conto dell'amara realtà – rispose il tizio.

Dopo qualche minuto, Edoardo fermò l'auto davanti alla nostra abitazione e si voltò a parlarci.

– Irina dovrebbe uscire subito dopo pranzo, l'appuntamento è per le quindici... Sono ansioso di scoprire cosa c'è dietro questo incontro.

– Glielo faremo sapere al più presto – lo rassicurò Richard mentre scendevamo.

L'auto ripartì e noi entrammo in casa.

– Sarebbe bello risolvere subito la storia del tuo amico – dissi a Richard. – Così potremmo dedicarci a tempo pieno all'altra indagine, ben più importante. Non credi?

– Sì. Spero solo di non dover dare una brutta notizia a Lorenzo – mi rispose mentre si dirigeva verso la sua camera.

– Che fai, adesso? – gli chiesi prima che chiudesse la porta.

– Ho bisogno di meditare – mi rispose laconico.

Mi ritirai nella mia camera. Mi sedetti sulla poltroncina e cercai di meditare anch'io... ma su cosa? Sembrava tutto chiaro. La morte di Aminah era dovuta alla setta di Landi, e Fabiola era succube della stessa combriccola di delinquenti. Dovevamo trovare il modo per incastrarli ma, allo stato delle cose, mi sembrava impossibile elaborare un piano. Sapevamo troppo poco di quei bastardi.

Della faccenda di Irina non mi interessava granché. Non c'erano piani da elaborare, bisognava solo seguirla con la speranza di coglierla con le mani nel sacco, oppure di assicurarci che non aveva secondi fini nel restare accanto al vecchio. In cuor mio avevo molti dubbi che una donna ancora così bella potesse stare con un vecchio che aveva il doppio della sua età, ma ormai ci eravamo impegnati con Lorenzo e dovevamo svolgere il nostro compito con la consueta meticolosità.

Trascorsi il tempo leggendo i giornali online, fino a quando uno sbadiglio mi fece capire che era l'ora di pranzo. Mi alzai e uscii dalla camera. In cucina, inaspettatamente, vidi Richard ai fornelli.

– Toh! Non ti ho sentito uscire dalla tua camera!

– Male! – mi canzonò lui. – I sensi di un buon investigatore devono sempre stare allerta.

Non lo calcolai.

– Sei riuscito a meditare? – gli chiesi.

– Abbastanza. Ma ci sono ancora troppe nuvole in giro.

Alzai le sopracciglia.

– A me sembra tutto sereno. Sei tu che ti fai troppi problemi.
– E' probabile, ma sai com'è... meglio prevenire che curare.
Volsi l'attenzione a cose che sembravano più serie.
– Cosa stai cucinando? – chiesi.
– Fettuccine al ragù.
– E il ragù dove l'hai preso?
– Stava nel congelatore. Lorenzo si è preoccupato di non farci mancare nulla.
– E' proprio una brava persona...
Una mezzora dopo ci sedemmo a tavola e gustammo quella delizia. Non parlammo delle indagini ma di tutt'altre cose. Dopo pranzo mettemmo piatti e posate nella lavastoviglie. Poi guardai l'orologio.
– Sono passate le quattordici, socio – dissi a Richard. – Direi di prepararci.
– Sì... ricordiamoci di prendere anche il binocolo dal doppio fondo del Suv. Ci servirà.
Andai in camera, mi ripulii e mi cambiai. Quando tornai nel soggiorno Richard era già pronto. Uscimmo, io aprii il bagagliaio del Suv e presi il binocolo. Poi mi avvicinai alla Cinquecento. Entrai e mi misi al volante. Richard si sedette al mio fianco. Avviai il motore e partii.
Arrivai subito vicino alla villa di Lorenzo e accostai dietro altre auto parcheggiate lungo il marciapiedi, a un centinaio di metri dalla casa.
Aspettammo una decina di minuti e vedemmo l'Audi di Irina uscire dal cancello. Misi in moto senza fretta e la seguii.
La donna non scese verso la città ma si diresse verso la periferia nord. Dopo alcuni minuti passammo l'Arno e lei proseguì verso Coverciano. C'era molto traffico e procedevamo lentamente. Non fu facile starle dietro. A un certo punto svoltò per una via stretta, dirigendosi verso una zona più periferica. Arrivò presso un bar con poche case intorno e si fermò, senza

scendere. Io accostai e fermai l'auto. Ci trovavamo abbastanza distanti, non poteva averci notato.

A un certo punto notammo un tizio che uscì dal bar e si avvicinò all'auto di Irina. Richard prese subito il binocolo dal sedile posteriore e lo osservò.

– Si tratta di un tipo sulla quarantina – mi disse. –Ha un giubbotto di pelle e sembra sorridente.

Azionai subito l'app del mio cellulare collegata al microfono piazzato nell'Audi. Le parole ci giunsero forti e chiare.

"…E' molto che aspetti?" chiese la donna al nuovo arrivato.

"Pochi minuti, mia cara. Ma ti aspetterei tutta la vita se occorresse. Lo sai"

"Mario – disse la donna – mettiamo le cose in chiaro: questa è l'ultima volta che ci vediamo. Non ho intenzione di continuare a mentire a Lorenzo. Ormai ti ho aiutato abbastanza, penso di aver fatto tutto ciò che potevo fare per te. Un tempo siamo stati insieme ma ora che ho incontrato Lorenzo non ho alcuna intenzione di continuare a vederti. Mi hai chiesto aiuto in nome della nostra storia passata e io te l'ho dato. Ma ora basta. Penso che tu abbia risolto i tuoi guai finanziari, non c'è alcun motivo per continuare a vederci. Amo Lorenzo e voglio stare con lui".

"Ma come puoi stare insieme a un vecchio di ottant'anni? – le rispose con veemenza l'uomo. – Io ti amo, Irina. Abbiamo passato giorni felici insieme. Non puoi aver dimenticato tutto. Ti ho aiutata quando sei venuta dalla Moldavia e non conoscevi nessuno, ricordi? Ti ho trovato un lavoro, ti ho fatto conoscere persone che ti hanno aiutato a loro volta…"

"Lo so, lo so – lo interruppe la donna – e per questo ti sono stata riconoscente. Mi hai chiesto di aiutarti per i tuoi debiti e l'ho fatto, penso di averti ripagato abbastanza. Ora non hai più problemi di soldi, quindi lasciami perdere, Mario. Io voglio stare con Lorenzo. E' vero, ti ho voluto bene, in passato, ma forse era solo riconoscenza, non so. So solo che ora voglio stare con il mio Lorenzo. Lui ha bisogno di me"

Guardai Richard.

– La situazione è tesa – mormorai. – Se quello s'incazza può diventare violento...

– Se occorre, interverremo – mi rispose lui.

"... io non voglio riconoscenza da te. Voglio te, Irina – continuava Mario. – Ho bisogno di te, quanto ne ha bisogno il tuo vecchio..."

"Non chiamarlo vecchio – si oppose lei. – Ha un nome: Lorenzo, e così lo devi chiamare!"

"Va bene, va bene, non arrabbiarti – le fece Mario. – Non voglio offenderlo ma... cerca di capirmi. Quando ti ho incontrata ero convinto di aver trovato la donna dei miei sogni e ora...ora sta finendo tutto e mi sento male..."

"Non cercare di fare la vittima – lo interruppe lei. – Sei grande e grosso. Cerca di comportarti da uomo. Sono sicura che troverai un'altra donna molto presto"

"Storie! Sono tutte storie! – sbottò lui. – La verità è che hai trovato una persona ricca che può farti avere tutto quello che hai sognato..."

"Basta così, Mario! Scendi!" lo interruppe lei, furiosa.

"No, no, scusami Irina, scusami! Non volevo dire queste ultime parole... è il dolore che mi fa parlare, perdonami!"

Il sospiro di lei si sentì distintamente anche con il microfono.

"Va bene, ti perdono – gli disse lei con calma. – Ma devi fartene una ragione, Mario. Ho avuto la fortuna di incontrare una brava persona, sensibile, altruista, simpatica... sì, ha anche i soldi... potrà sembrarti strano ma non è la cosa che mi interessa di più di lui. Sai che ho avuto una vita travagliata, ho fatto molti sacrifici e lui adesso mi offre quella sicurezza e quella protezione che ho sempre sognato. E' una persona matura, saggia e mi ha fatto ritrovare la mia serenità. Nei suoi confronti non ho riconoscenza ma amore. Io lo amo, Mario. E voglio stare con lui. So quello che pensa la gente, e so anche quello che pensa il figlio, ma a me non interessa, come non mi interessano i soldi di Lorenzo... a me interessa Lorenzo e basta".

Seguì qualche attimo di pausa.

"Io... io sono contento che tu ti senta serena – disse l'uomo, abbacchiato. – Però... secondo me, e scusami se te lo ripeto, la tua è solo riconoscenza, Irina. Io penso che... con lui non sarai mai completamente felice. Ti prego... pensaci, Irina. Io per te farei di tutto..."

"Ci ho già pensato – tagliò corto lei. – Ci ho riflettuto a lungo... io voglio stare con lui e... non voglio più vederti. Tu devi rispettare questa mia volontà".

Seguì ancora una pausa.

"Come vuoi, Irina – disse con tono affranto l'uomo. – Se questa è la tua volontà, io... non posso oppormi. Dio sa quanto sto soffrendo ma... se è questo quello che vuoi..."

– Sì, è questo quello che voglio!" ripeté lei risoluta.

Per qualche attimo non si sentì più nulla. Poi vedemmo lo sportello dell'Audi che si apriva. Richard prese il binocolo e osservò l'uomo che usciva.

– Hai registrato tutto? – mi fece.

– Sì, certo – risposi con una certa soddisfazione.

Lui mi guardò, dubbioso.

– Mi sembra di notare un certo compiacimento sul tuo volto...

– Puoi anche chiamarla contentezza – gli risposi senza giri di parole. – Abbiamo risolto il problema di Irina, quello più noioso, e ora possiamo dedicarci "anema e core" a quella setta di farabutti... cioè a un'indagine ben più avvincente, non ti pare?

– Uhm... dici che il problema di Irina è risolto?

– Diavolo! L'hai sentita anche tu quella conversazione, no?

– Sì, l'ho sentita. Irina non vuole più vedere quel tipo ma... ce ne potrebbero essere altri, no?

Mi scese un velo nero davanti agli occhi!

– Cavolo, Richard! – esclamai. – Quella donna è innamorata di Lorenzo e, quando farai ascoltare questa registrazione al tuo amico, lo vedrai andare in estasi!

– Può darsi, ma potrebbe anche dirci di continuare a indagare per sicurezza, magari per qualche altro giorno.

Aveva ragione, purtroppo.

– Uhm... sarebbe una bella seccatura! – esclamai.

– Ma non potremmo tirarci indietro, non ti pare?

– Lo so benissimo, ma la cosa non mi entusiasma.

– Guarda che l'Audi è ripartita – mi fece lui, all'improvviso.

Misi in moto di corsa e la seguii.

– Probabilmente torna a casa – riflettei.

– Può darsi, ma non ci costa nulla seguirla.

In realtà, Irina non tornò indietro ma prese una strada che si dirigeva verso il centro di Firenze. "Altro traffico, altre lunghe code – pensai – Probabilmente per niente!"

La seguii senza entusiasmo finché notai che si stava dirigendo verso il negozio dove era stata il giorno prima. Lasciò l'auto a qualche decina di metri dal negozio, scese e si diresse verso il locale. A un tratto, però, le si avvicinò un giovane che indossava una felpa e si copriva la testa con il cappuccio. Le disse qualcosa che non dovette piacere alla donna perché lei lo redarguì in malo modo, dandogli una spinta per allontanarlo. Il ragazzo, però, le si avvicinò di nuovo e Richard scese dall'auto, pronto a intervenire. La donna si girò di scatto verso il giovane e probabilmente le disse qualcosa che certamente lo colpì, perché quello si fermò e si allontanò senza voltarsi indietro. Il mister rientrò in auto. E Irina entrò nel negozio.

– Pensi che ti abbia visto? – gli chiesi.

– No, non si è voltata.

– Chi diavolo poteva essere quel deficiente?

– Forse un tossicodipendente, forse le ha chiesto dei soldi.

– Meno male che è andato via, altrimenti saresti dovuto intervenire e avremmo scoperto le nostre carte con Irina.

– Già! E' andata bene – si limitò a rispondere.

Irina uscì dal negozio dopo pochi minuti, accompagnata da un commesso. Probabilmente aveva paura che il ragazzo di prima potesse tornare a importunarla.

Entrò in auto, salutò il commesso e ripartì. E io dietro.

Stavolta la donna tornò a casa sua. Io fermai la Cinquecento a debita distanza e guardai il mio socio.

– Beh… possiamo ritenerci soddisfatti dei risultati. Avvisiamo prima Edoardo o Lorenzo?

– Edoardo, lui ci ha dato la dritta e lui avviseremo per primo.

Chiamai Edoardo, dicendogli in estrema sintesi il risultato del nostro pedinamento. Lui mi rispose che avrebbe gradito ascoltare la registrazione. Non mi sembrò molto soddisfatto, probabilmente si aspettava tutt'altro genere di notizie. Ci pregò di andare da lui, nel suo appartamento al centro di Firenze. Mi dette l'indirizzo e riattaccò.

– Vuole sentire la registrazione – dissi a Richard. – Non mi è sembrato entusiasta.

– Me l'aspettavo. Andiamo da lui.

Rimisi in moto, digitai l'indirizzo sul navigatore e partii seguendo le indicazioni. La casa di Edoardo si trovava presso piazza della Repubblica, in una zona molto rinomata. Non fu facile trovare un parcheggio.

Il tizio ci accolse in un appartamento grande e lussuoso. In casa, oltre a lui, non c'era nessuno. Quando entrammo nel salone rimasi incantato: dalla grande vetrata si vedeva la cupola di Brunelleschi e, dalla parte opposta, la torre di Palazzo Vecchio.

Dopo esserci accomodati sulla poltrona, e dopo aver mandato giù dell'ottimo whisky offerto dal padrone di casa, tirai fuori il cellulare e feci ascoltare la registrazione del colloquio tra Irina e lo sconosciuto.

Alla fine, Edoardo rimase perplesso e annuì.

– A quanto pare, mi ero sbagliato – ammise.

– Sembra proprio di sì – concordò Richard. – La signora Irina è veramente innamorata di suo padre. Bisognerà vedere se questa registrazione toglierà ogni dubbio a Lorenzo.

Edoardo sospirò.

– Non lo so… devo ammettere che quando quella domestica mi ha parlato dell'appuntamento credevo che si trattasse di qualcosa di losco… anche perché, secondo lei, non era la prima volta che aveva appuntamento con quel Mario.

– Dalle parole che abbiamo ascoltato, sembra che Irina abbia aiutato quel tizio solo per riconoscenza e nient'altro – osservò il mister.

– Sì… così pare… comunque se quella donna prova vero affetto per mio padre non posso che essere contento. Mi tranquillizza molto il fatto di saperlo in compagnia di una persona che ci tiene a lui. Per il resto, come le ho già detto, non temo nulla perché tutto ciò che aveva, mio padre me l'ha già lasciato. Glielo dico per chiarire come stanno le cose.

– Sì, me l'aveva già accennato – confermò Richard.

Edoardo ci guardò un po' imbarazzato.

– Ora farete ascoltare quel nastro a mio padre…

– Certo!... Ha qualcosa in contrario?

– No, no… però, vi chiederà come avete fatto a sapere di dell'incontro tra Irina e quel tipo.

– Non riveleremo che c'è stata la soffiata della domestica – lo tranquillizzò il mister. – Se è questo quello che la preoccupa.

– Sì… io ho dato disposizioni a quella domestica solo per proteggere mio padre… voi mi capite?

– Comprendiamo benissimo – gli fece Richard. – Non si preoccupi, ci inventeremo una scusa.

Il tizio sembrò soddisfatto.

– Vi ringrazio… è un vero piacere.

Lui e Richard si scambiarono qualche altro convenevole, poi ci alzammo e lo salutammo. Lui ci accompagnò fino alla porta.

Ci ritrovammo a piazza della Repubblica, a due passi da Palazzo Vecchio e dalla cattedrale di Santa Maria del Fiore. Era doveroso concedersi una camminata turistica tra quegli edifici ricchi di arte e di storia.
Guardai il mister per dirglielo, ma lui mi anticipò.
– Scommetto che vuoi fare quattro passi – mi disse, sardonico.
– Sarebbe un delitto non farli, trovandosi in un posto come questo, per giunta in una bella serata primaverile.
– Sono del tutto d'accordo, socio. Da dove cominciamo?
– Che ne dici di Piazza della Signoria?
– Dico che sono d'accordo.
Cinque minuti dopo ci sedevamo all'esterno di un bar, all'ombra della torre di Palazzo Vecchio.
Dopo aver ordinato due caffè, Richard si guardò intorno.
– Hai fatto caso a un particolare? – mi disse.
Mi guardai intorno anch'io, ma vidi solo turisti.
– No... a cosa ti riferisci?
– Oggi... non ci segue nessuno.
Cavolo! Mi ero dimenticato dei segugi di ieri.
– Hai ragione – ammisi. – In verità non ci ho fatto molto caso.
– Ma io sì. E' da stamattina che cerco di scoprire se siamo pedinati.
– E... sei sicuro che nessuno ci sia alle calcagna?
– Sicurissimo. Né in auto né a piedi.
– Uhm... ti sei fatta un'idea di chi ci abbia fatto seguire ieri?
– Ancora no, o, perlomeno, non ne sono sicuro.
– Beh... chi altri se non mister Landi?
– Già. Così vorrebbe la logica – disse lui.
Storsi la bocca.
– Mah! Sai che ti dico? – gli dissi. – Stanotte mi ci faccio una bella dormita sopra...
– Non credo proprio – m'interruppe lui.
Lo guardai di traverso.
– Perché?

– Stanotte abbiamo da fare. Ti sei scordato del palazzo dove si trova Fabiola?

Corrugai la fronte.

– Vorresti fargli visita stanotte?

– "Mai rimandare a domani quel che si può fare oggi" diceva il vecchio saggio cinese.

Pensandoci bene, la cosa non mi dispiaceva.

Arrivò il cameriere con il vassoio e i due caffè. Lo pagammo e ci lasciò di nuovo soli.

– A che ora? – gli chiesi.

– Direi verso l'una di notte. Tu che dici?

Feci finta di pensarci.

– Per me va bene – risposi.

Sorseggiammo i due caffè. Subito dopo lui si alzò.

– Beh! Diamoci da fare – mi disse.

– Dove vorresti andare? – gli risposi senza alzarmi. Si stava così bene in quella piazza!

– Che ne diresti di fare un sopralluogo da quelle parti? Quel palazzo si trova vicino a Santa Croce e quella chiesa non dista più di un quarto d'ora a piedi da qui.

La cosa mi attizzava, perciò mi alzai.

– Non è un'idea malvagia – risposi.

– Io non ho mai idee malvage.

– Presuntuoso!

– Invidioso!

Camminammo serenamente per le vie del centro, in direzione di Santa Croce. Svoltammo per una via laterale, con meno turisti e più tranquillità. Erano luoghi dove avevo un sacco di ricordi. Passammo davanti a una chiesa dove, ancora ventenne, ai tempi della Scuola sottufficiali dei carabinieri, conobbi una stupenda ragazza. Che periodo meraviglioso!

– Ho la vaga impressione che con la testa tu sia altrove – mi disse a un certo punto il mister.

– Beh! Non è difficile immaginarlo – ammisi.

– D'accordo, ma non attaccare con i tuoi ricordi fiorentini... ormai li so tutti.

Lo guardai dall'alto in basso.

– Non preoccuparti: li tengo per me.

Cinque minuti dopo ci ritrovammo nella grande piazza della chiesa. Dopo aver ammirato la bella facciata rinascimentale, prendemmo per una via adiacente e subito dopo ci fermammo a guardare il palazzo che ci interessava, senza dare nell'occhio.

Si trattava di una dimora medievale, su tre piani, con le finestre incorniciate da artistici marmi. Si trovava in una strada poco frequentata. Il palazzo adiacente era più alto ed era quello che ci interessava di più, perché dalla sua terrazza ci saremmo calati sul tetto del palazzo con Fabiola. Il problema, però, era che al terrazzo bisognava arrivarci. Perciò ci avvicinammo per esaminare il portone d'ingresso, con la dovuta circospezione. Si trattava di un portone molto grande ma aveva una serratura che mi tranquillizzò immediatamente: ne avevo aperte a decine, in passato.

Richard mi guardò per chiedermi cosa ne pensavo.

– Una passeggiata! – mormorai. – No problem.

– Ne ero sicuro, socio – mi fece, sogghignando.

– Grazie, troppo gentile!

Avevamo visto ciò che ci interessava, perciò tornammo indietro. Meno di mezzora dopo ci trovavamo di nuovo a Piazza della Repubblica. Raggiungemmo la Cinquecento e partimmo.

– Si va dal tuo vecchio amico? – chiesi a Richard mentre guidavo.

– Sì, dobbiamo fargli sentire la registrazione.

– Hai pensato alla balla da dirgli per coprire la spia di Irina?

– Gli diremo che con la complicità di Edoardo abbiamo messo il microfono nell'auto della compagna e, così, siamo venuti a sapere dell'appuntamento e abbiamo registrato la conversazione.

Lo guardai ammiccando.

– Le balle le sai inventare bene!
– Mai quanto te.

Lo ignorai, anche perché il traffico era notevole e non volevo distrarmi.

Nel frattempo, lui telefonò al vecchio, avvisandolo della nostra visita.

Giungemmo davanti alla villa del nostro amico una mezzora dopo. Ormai stavano calando le prime ombre della sera e uno sguardo alla città, da lassù, me la fece cogliere in tutta la sua bellezza e la sua malinconia.

Ci venne ad aprire il maggiordomo e ci accompagnò fino allo studio di Lorenzo. Il vecchio ci accolse con un largo sorriso.

– Buonasera, amici. Non mi aspettavo una vostra visita. Pensavo che Irina non fosse uscita di casa.

Richard iniziò a raccontare frottole, a fin di bene.

– Siamo venuti a sapere, casualmente, che stava uscendo e l'abbiamo seguita.

Lorenzo, naturalmente, apparve confuso.

– ...Casualmente? – ci chiese.

– Sì... devo confessarti una cosa – continuò il mister. – Con l'aiuto di Edoardo abbiamo piazzato un microfono nell'auto di Irina... non volevamo farti sentire in colpa e non ti abbiamo detto nulla. Ti dispiace?

Lorenzo ci guardò entrambi un po' scombussolato, poi si decise a rispondere.

– No, no, avete fatto bene... è giusto che facciate il vostro lavoro nel migliore dei modi. Io... ho dei rimorsi nei confronti di Irina ma... è giusto che voi usiate i vostri mezzi.

– Sono contento di sentirtelo dire – gli fece Richard. – Del resto con quello stratagemma abbiamo potuto appurare qualcosa di molto importante.

– Ditemi... ditemi tutto – ci esortò il vecchio in preda a una evidente apprensione.

Richard sospirò e iniziò il racconto.

— Dunque, abbiamo sentito che la tua compagna telefonava a un tizio dandogli un appuntamento... — notai il vecchio che corrugava la fronte, preoccupato, ma Richard non s'interruppe e continuò. — Noi l'abbiamo seguita, stando bene attenti a non farci notare. Lei ha raggiunto il luogo dell'appuntamento e abbiamo registrato il colloquio che ha avuto con quel tipo.

Lorenzo spalancò gli occhi e ci guardò.

— Avete... avete con voi quella registrazione?

Richard non rispose e mi guardò. Io tirai fuori il mio cellulare, lo misi sulla scrivania, e azionai la registrazione.

Il vecchio ascoltò, tutto preso dalle parole che udiva. La sua espressione, dapprima molto preoccupata, si fece man mano più serena e, verso la fine, quasi gioiosa.

Quando la registrazione finì, ci guardò come uno che ha scoperto di aver fatto sei al superenalotto.

— Irina... mia... mia dolce e cara Irina — balbettò. — Mia cara compagna...

Mentre era ancora in estasi, Richard intervenne.

— Comprendo pienamente la tua soddisfazione — gli fece. — Non devi farti nessuno scrupolo e neppure devi avere sensi di colpa. La tua esigenza di sicurezza, date le circostanze, è del tutto ragionevole.

Lorenzo era ancora in estasi.

— Richard... tu non puoi immaginare quale grosso peso mi hai tolto dal cuore. Non puoi capire che grande servizio mi hai reso...

— Calmati, Lorenzo — gli fece il mister con la solita flemma. — Sei un'ottima persona, non c'è alcuna meraviglia nel constatare che qualcuno nutra sentimenti nei tuoi confronti.

Il vecchio tentennò il capo, dubbioso.

— Ti ringrazio, amico mio. Ma non dimenticare che ho ottant'anni e le mie primavere me le sento tutte sulle spalle.

— Ma dentro sei un giovincello... — mentre diceva così, fece una cosa strana: si alzò e si avvicinò a un quadro.

– Ma che bel dipinto! – esclamò. – E' originale?

Lorenzo si voltò a guardarlo ma con la testa era ancora altrove.

– Sì, sì… è un originale. Mi è costato un occhio! E' di Gravina, un pittore in auge, molto quotato.

– Sì, conosco le sue opere – rispose il mio socio.

Poi si avvicinò a un altro dipinto.

– Anche questo è un originale?

– No, quello no, purtroppo. E' solo una copia ben realizzata. Ti interessi di pittura?

– Sì, soprattutto delle quotazioni dei pittori contemporanei.

Altra grossa balla! A Richard piacevano i bei quadri ma non gliene fregava nulla delle quotazioni dei pittori.

Si spostò sull'altra parete a esaminare altri due dipinti.

– Belli anche questi – disse al vecchio. – Hai buon gusto!

– Se vuoi ti posso dare qualche dritta sugli artisti che vanno per la maggiore… – propose il vecchio. – Io sono abbastanza esperto.

– Ti ringrazio ma non occorre… per il momento mi sto occupando di altro.

Mi guardò, come per dirmi che in seguito mi avrebbe spiegato. Poi tornò al discorso su Irina.

– Dopo aver ascoltato quella conversazione ti senti più tranquillo? – chiese al vecchio.

– Sì… decisamente sì, e… credo che possiamo interrompere le indagini, Richard. Sono stato molto cattivo nei confronti di Irina e non intendo continuare. Anzi, adesso mi sentirò a disagio con lei. Ormai sono sicuro della sua onestà. Quella registrazione mi ha convinto del tutto.

– Sono contento per te – gli rispose Richard. – Domani io e Peppino toglieremo le tende…

– No, questo no! – lo interruppe il vecchio. – Vorrei ricompensarvi in qualche modo ma so che non accetti denaro.

Almeno permettimi di ospitarti per un periodo in questa splendida città e... c'è qualche altra cosa che posso fare per te?

– Non preoccuparti, Lorenzo – lo tranquillizzò il mio socio. – Io e Peppino non abbiamo bisogno di nulla ma... – mi guardò ancora. – Dato che il mio amico è innamorato di questi luoghi potremmo approfittare della tua villetta per qualche altro giorno.

– Ne sarei molto felice! – rispose contento il vecchio. – La vostra compagnia mi dà tanto sollievo. Potremmo passare delle belle serate insieme, vi porterò a visitare luoghi poco conosciuti ma molto affascinanti che si trovano da queste parti.

– Avremo senz'altro occasione di stare insieme in questi giorni – gli fece Richard. – Ma, a dire la verità, vorremmo anche vederci più chiaro riguardo alla morte di quella ragazza...

– Ah! Quella ragazza... – esclamò il vecchio, interrompendolo. – Mi dispiace ma con tutti i miei problemi avevo quasi dimenticato che stavate occupandovi di quella faccenda... Povera ragazza. Apprezzo il fatto che vogliate trovare giustizia per lei. Siete dei gran signori, amici miei. Sono orgoglioso di essere un vostro amico. Se vi fermate a cena vi faccio preparare un banchetto degno di un re

A Richard non piacevano i salamelecchi e cercò di tagliare corto.

– Grazie, Lorenzo. La stessa cosa vale per noi, però per stasera abbiamo una cosa da fare e vorremmo portarla a termine.

Il vecchio sorrise.

– Non stai mai fermo, sempre pieno di vitalità, come tuo padre.

– Cerco di essere un suo degno erede – scherzò il mister.

Capii che Richard voleva andare via, perciò mi rivolsi a Lorenzo.

– Se vuoi, ti invio il file della registrazione, così posso cancellarlo dal mio cellulare.

Lui apprezzò il mio rispetto per la privacy della compagna.

– Grazie Peppino, sei molto gentile...

Inviai il file della registrazione all'indirizzo mail che mi dette e lo cancellai dalla memoria del cellulare. Subito dopo lo salutammo e andammo via.

Capitolo 6 – Un macabro avvertimento

Fuori, ormai, il sole era tramontato e s'erano già accesi i lampioni per strada. Risalimmo in auto e avviai il motore.
– Hai voglia di cucinare, stasera? – chiesi al mio socio.
– Uhm... no. E tu?
Lo guardai con il sopracciglio alzato.
– Da quando in qua ti abbasseresti a mangiare quello che cucino io?
Lui annuì.
– Già! In cucina sei una schiappa... che ne diresti di una bella osteria giù in città?
– Uhm... qualcosa tipo "I due maialoni"?
– Esatto.
– Sono d'accordo. Sarà senz'altro meglio del ristorante di ieri sera.
Tirò fuori il cellulare e cercò tra le proposte. Infine mi indicò una trattoria sul cellulare.
– Che ne dici di "Gigi il bisteccone"?
– Mah! Promette bene...
– Sta anche vicino al centro... così dopo cena possiamo fare altri quattro passi.
– Aggiudicato! – risposi convinto.
Seguimmo le indicazioni del navigatore e arrivammo davanti alla trattoria che era già buio. Il locale si affacciava sull'Arno, che brillava delle luci della città. Un venticello fresco agitava le foglie dei platani vicini ma la temperatura era gradevole. Scegliemmo un tavolo sotto la tettoia e ci gustammo un'ottima cena. Porzioni abbondanti e ragù a volontà, insieme a un Chianti che era la fine del mondo. Gigi, un omone di quasi un quintale e mezzo, si meritò i miei complimenti.

Finita la cena facemmo un giro a piedi, arrivando fino a Ponte Vecchio. Poi tornammo indietro. Risalimmo sulla Cinquecento e tornammo verso la nostra abitazione.

Parcheggiai sul retro e, poco prima di entrare mi ricordai della stranezza di Richard nello studio di Lorenzo.

– Da quanto in qua ti interessano i quadri? – chiesi.

– Volevo togliermi una curiosità... – mi stava dicendo.

In quel momento, però, aprii la porta di casa e accesi la luce: notai subito qualcosa di raccapricciante sul tavolo.

Immediatamente Richard prese la pistola da sotto l'ascella e si addossò al muro indicandomi di tenere sotto controllo l'altra metà del soggiorno.

Tirai fuori la pistola e cercai di scoprire la presenza di qualcuno. Ma tutto taceva. Nel soggiorno non c'era nessuno. Allora volgemmo l'attenzione verso la porta del corridoio. Ci avvicinammo lentamente e Richard la spalancò di colpo buttandosi contemporaneamente di lato. Ma non udimmo nulla. Adottammo lo stesso procedimento con la camera sua e poi con quella mia... niente! In casa non c'era nessuno.

Rimettemmo le armi nella fondina sotto l'ascella. Richard si diresse verso la finestra della mia camera. Era socchiusa ma c'erano segni di forzatura.

– Sembra che siano entrati da qui – commentò lui.

Osservai bene l'anta della persiana.

– Sì, lo credo anch'io – concordai.

Ripensai a ciò che avevo appena intravisto sul tavolo.

– Hai fatto caso a quello che ci hanno portato?

– Qualcosa di non molto gradevole... spero di sbagliarmi – mi fece lui.

Andammo a controllare. Tra due fogli di carta insanguinata c'era qualcosa di colore scarlatto, flaccido, tumefatto... Mio Dio! Era una lingua tagliata!

– Maledetti vigliacchi – mormorò Richard. – E' sicuramente la lingua di Aminah.

– Luridi bastardi! Figli di una gran mignotta!... – Avrei continuato per parecchio se Richard non mi avesse fermato mettendomi una mano sulla spalla.

– Non serve a nulla maledirli, Peppino – mi disse con calma. – Questi delinquenti vanno scovati e consegnati alla giustizia.

– Io li consegnerei direttamente all'inferno – mormorai a denti stretti.

Lui si avvicinò al macabro fagotto e prese qualcosa seminascosto tra la carta. Si trattava di un foglietto che mi mostrò.

"Se non smetterete di interessarvi a quella puttanella, finirete così anche voi" diceva.

– Schifosi pezzenti! – esclamai. – Pensano di impressionarci con queste canagliate!

Richard non mi rispose e rimase a guardare quel terribile spettacolo. Ma la sua mente era altrove, sicuramente.

– Vado in camera tua – mi disse a un tratto.

Lo lasciai fare senza seguirlo. Mi misi a cercare qualche indizio per il soggiorno ma non trovai nulla. Lui tornò da me dopo una decina di minuti.

– Trovato qualche altro particolare? – gli chiesi.

– No... però è strano... – rispose.

– Cos'è strano?

– Sono passati attraverso la finestra della tua camera, che sta su un lato della casa, e non da quella del bagno, che sta sul retro e non è visibile dalla strada.

Ci pensai su. Era vero ma... non ritenevo la cosa così importante.

– Nella strada qui davanti non passa mai nessuno a piedi – gli feci osservare.

– Sì, ma potendo scegliere, io avrei scelto la finestra posteriore, per sicurezza.

Rimasi dubbioso.

– Uhm... non mi sembra un elemento importante...

– Vedremo – tagliò corto lui.
Guardai ancora il macabro spettacolo sul tavolo.
– Che facciamo? Chiamiamo il commissario? – chiesi.
– No. Questo fatto non gli sarebbe di alcuna utilità per le indagini e, anzi, ci direbbe di starne fuori.
Ci pensai su. Aveva ragione, meglio tenere la cosa per noi.
Pulimmo il tavolo e facemmo sparire quell'involucro orrendo. Non potei fare a meno di ricordare quella povera ragazza, i suoi occhi mentre ci parlava, ci chiedeva aiuto... se solo ci avesse detto qualcosa prima di sparire!
– Non vedo l'ora di fare quella capatina, stanotte – dissi a Richard, mentre mi sedevo sulla poltrona.
– Anch'io, ma non prendiamo sotto gamba i rischi – mi rispose lui. – Non sarà facile entrare attraverso gli abbaini. Dovremo stare molto attenti. Questi sono delinquenti pericolosi.
– Lo so, ma voglio fare qualcosa per Aminah, per Fabiola... per tutti i ragazzi caduti nella trappola di quella maledetta organizzazione.
– Faremo qualcosa, Peppino. Ci puoi giurare.
Passammo il resto della serata nelle rispettive camere. Io controllai le pistole, Richard probabilmente si immerse nei suoi pensieri.
Poco dopo mezzanotte bussai alla porta della sua camera. Lui uscì già pronto, con addosso il giaccone. Prendemmo tutto il necessario e uscimmo. Salimmo sul Suv, io mi misi alla guida, e partimmo.
Data l'ora non c'era traffico per strada. Scendemmo a Firenze, attraversai l'Arno sul ponte Santa Trinità e mi diressi verso la basilica di Santa Croce. Anche nel centro le auto in circolazione erano poche. Ormai la città dormiva, ad eccezione dei turisti.
Parcheggiai in una strada adiacente a quella dove si trovava il palazzo che dovevamo visitare. Scendemmo, presi la borsa con la corda che ci serviva per scendere dal terrazzo al tetto, e ci

avviammo verso la meta. La strada era deserta, né auto né pedoni in giro. Meglio così!

Ci avvicinammo al grosso portone. Avevo già preparato nella tasca il grimaldello adatto a quella serratura. Lo tirai fuori e ci avvicinammo alla porta. Facemmo finta di parlare tra noi mentre cercavo di aprire. Impiegai meno di un minuto per vincere la resistenza del chiavistello.

Entrammo nel palazzo in modo del tutto naturale. A quell'ora difficilmente avremmo incontrato qualcuno per le scale. Salimmo su, silenziosamente, fino all'ultimo piano. Purtroppo la porta per uscire sul terrazzo era chiusa a chiave ma non fu un grosso problema aprire anche quella. Uscimmo sul bel terrazzo e non potei fare a meno di godere della splendida vista di piazza Santa Croce da lassù. Mi sembrò che con la mano potessi toccare il campanile.

– Non è il momento di fare il turista – mi bisbigliò all'orecchio il mister, accortosi della mia distrazione.

Non gli risposi e mi guardai intorno. Bisognava trovare un appiglio per la fune se volevamo scendere sul tetto del palazzo adiacente. Constatammo che c'erano dei pali per stendere la biancheria ed erano sufficientemente robusti per reggere la nostra corda. Ci affacciammo oltre il muretto e vedemmo che il tetto che ci interessava era a pochi metri sotto di noi. Una volta fissata la corda, sarebbe stato un giochetto raggiungerlo. Da quel lato del terrazzo non si vedeva la strada, quindi nessuno poteva notarci.

Posai la borsa e presi la corda. Richard la assicurò al palo con un robusto nodo.

– Una volta sul tetto, dovremo stare ben attenti a non far rumore – mi disse il mio socio. – Non sappiamo quello che c'è sotto, nella soffitta.

– Ricevuto, capo!

– Ok, scendo prima io, se non ti dispiace.

– Non mi dispiace.

Si legò la corda intorno al torace, salì sul muretto e si lasciò cadere lentamente, facendo leva con i piedi sulla parete dell'edificio. Dopo meno di un minuto era sul tetto e sciolse la corda dal torace. Io la tirai su e feci come aveva fatto lui. La discesa non fu un problema; sarebbe stata molto più faticosa la salita perché potevamo contare solo sulla forza delle braccia, ma per il momento avevamo raggiunto il tetto. Ci mettemmo il passamontagna, per ogni evenienza, casomai ci avessero scoperti.

Stando bene attenti a dove mettevamo i piedi, ci avvicinammo lentamente all'abbaino più vicino. Ci abbassammo per guardare dentro... solo buio!

– Buon segno – mi fece il mister. – Vuol dire che nella soffitta non c'è nessuno.

– ...O c'è una camera da letto con qualcuno che sta dormendo... – replicai io.

– In tal caso chiederemo scusa, se lo sveglieremo, e taglieremo velocemente la corda... altre obiezioni?

– Nessuna, capo!

Ci avvicinammo al vetro dell'abbaino. Era chiuso, ovviamente, ma la cornice era realizzata in legno tenero, di abete, perciò con un coltellino avrei potuto scavare il legno e alzare la levetta che teneva chiusa la finestra.

Misi la mano in tasca per cercare il coltello ma Richard mi mise davanti agli occhi il suo. Lo presi, ringraziandolo con gli occhi, e cominciai il lavoro, in assoluto silenzio.

Ci misi un paio di minuti per togliere lo strato di legno necessario a infilare il coltello e alzare la levetta interna. Aprii con molta cautela l'anta. Dall'interno non proveniva alcun rumore e c'era troppo buio per intravvedere qualcosa. Il mister mise una mano sul suo cellulare e accese il led della torcia, facendo penetrare una debole luce all'interno della soffitta. Capimmo subito che si trattava di una specie di magazzino, molto probabilmente vuoto. La cosa non ci dispiaceva.

– Caliamoci giù – propose il mio socio. – Ci sono delle casse sotto di noi, non dovremo saltare.

Accolsi subito la proposta. Mi sporsi dall'abbaino e mi calai all'interno della soffitta. Richard mi seguì. Accesi anche il led del mio cellulare e mi guardai intorno. Bauli, vecchi armadi, scatole di tutte le grandezze, sacchi di plastica sparsi ovunque. Il tutto abbondantemente impolverato.

– Qui su non sale nessuno da tanto tempo – mormorò il mister.

– Meglio per noi, no?

– Sì, però sul pavimento c'è tanta polvere e le nostre orme rimarranno impresse. Prima o poi qualcuno scoprirà che qui ci sono stati un paio di intrusi.

Ci riflettei un attimo.

– Uhm... la cosa deve preoccuparci?

– Non troppo – mi rispose tranquillo. – Andiamo verso quella porta.

C'era una porta, in fondo alla soffitta. Ci dirigemmo in quella direzione, sempre facendo attenzione a non far sentire di sotto i nostri passi. Comunque avevamo le scarpe di gomma.

A un tratto qualcosa si mosse e mi attraversò velocemente la strada facendomi sobbalzare. Ma si trattava solo di un topo deficiente!

Poco dopo mi fece sobbalzare Richard, dietro di me, mettendomi una mano sulla spalla. Mi voltai stizzito e lui mi indicò uno scaffale sulla parete di fianco... pieno di maschere bianche, inespressive, che sembravano guardarci e spiarci. Mi venne la pelle d'oca.

– Ricordi che Tommaso ci ha detto che quelli della setta si coprono il volto con le maschere bianche quando fanno le riunioni? – bisbigliò.

– Sì, lo ricordo... che idea beduina!

Lui annuì.

– Vai avanti – mi disse.

Continuai lentamente, ma dopo pochi passi qualcosa attirò la mia attenzione non lontano dal mio piede... era una mano, seminascosta da una cassa!

Sobbalzai per la terza volta, prima di scoprire che si trattava di un manichino.

– Mi sembri nervosetto, stanotte – mi fece il britannico con la solita flemma.

Lo guardai inarcando il sopracciglio.

– Perché non vai avanti tu?

– Come vuoi – mi fece con noncuranza, passandomi davanti.

A lui andò meglio. Arrivò presso la porta senza fare incontri strani. Però... invece di dirigersi verso l'uscita si avvicinò a un cartone addossato alla parete di fondo. Si chinò e passò un dito sulla sua superficie. Poi lo ritrasse e lo osservò.

– Strano... – mormorò mentre lo guardava.

– Strano... cosa? – chiesi

– Su questo cartone non c'è polvere.

– Uhm... l'avranno portato da poco – osservai.

– ... E non sei curioso di vedere cosa c'è dentro?

Tentennai.

– Beh... in effetti... sì. Credo proprio di sì.

Il cartone era chiuso da una linguetta di nastro adesivo. Richard prese il coltello e sollevò lentamente il nastro, senza farlo strappare, fino a quando poté infilare una mano dentro. La ritrasse dopo qualche secondo e osservò bene le dita.

– All'interno ci sono delle buste – mi disse. – E dentro le buste c'è questa.

Mi fece annusare le dita...avevano un odore strano, non l'avevo mai sentito.

– Che roba è?

– Ayahuasca... una specie di allucinogeno che ti fa perdere la percezione della realtà.

– E tu come fai a saperlo?

Storse la bocca.

– In Inghilterra ne ho sequestrato a quintali. È una droga che si usa anche in combinazione con altre, per ottenere certi effetti.
– Una porcheria, insomma.
– Esatto – si limitò a rispondere. – Se sul cartone non c'è polvere, devono averla avuta da poco.

In effetti, sul pavimento di quella zona, erano rimaste impresse delle orme.

– Aveva ragione Tommaso nel dire che fanno uso anche di droghe – osservai.
– Non avevo dubbi – confermò lui.
– Non vorrei che si ricordassero proprio adesso di venirla a prendere…
– Non fare lo iettatore – replicò lui. – Vediamo cosa c'è lì fuori.

Ci avvicinammo alla porta e abbassai la maniglia. Porca miseriaccia! Era chiusa a chiave anche quella.

Cercai il grimaldello adatto in tasca e non mi ci volle molto ad aprirla, sempre nel silenzio più assoluto.

Aprii lentamente la porta, una volta constatato che oltre c'era il buio. Spegnemmo i led e uscimmo. Ci ritrovammo su un pianerottolo, illuminato da una luce debolissima proveniente dalle scale.

Richard mi fece cenno di scendere, con tutte le cautele. Per sicurezza, impugnai la pistola. Scesi i primi gradini lentamente ma a un tratto udii una porta che si apriva, nei piani inferiori. Mi fermai.

– Vado a prendere la "roba"? – disse una voce maschile.

Mi vennero i crampi allo stomaco, pensando che la "roba" potesse essere quella sozzeria dentro la scatola della soffitta. Fortunatamente la risposta che seguì ci rassicurò.

– No, ne ho preso già abbastanza per quello che ci serve stanotte – disse una voce di donna.

Accesero la luce delle scale e scesero nel piano inferiore.

Poco dopo la luce si spense e noi continuammo a scendere. Arrivammo sul pianerottolo del piano di sotto, dove c'era una grossa porta socchiusa. Potemmo notare che dentro c'era una luce soffusa, che cambiava lentamente colore. Avvertimmo anche un suono misterioso, una specie di nenia ripetuta continuamente, che creava un'atmosfera misteriosa, indecifrabile. Il tutto dava l'idea di esotico, di paradiso artificiale, di qualcosa di inesplicabile.

Richard rischiò e aprì la porta di qualche centimetro. Ci si presentò uno spettacolo inverosimile. C'erano diverse nicchie, separate da paraventi decorati alla moda orientale, e in ogni nicchia c'era un letto e sul letto una donna seminuda, chiaramente in preda a droghe o allucinogeni, da come gemevano, si accarezzavano il corpo e si contorcevano tra le lenzuola. Uno spettacolo molto erotico, se non avessi avuto la convinzione che si trattava di povere ragazze raggirate da delinquenti senza scrupoli.

In quel momento si accese la luce delle scale. Io e Richard, in tutta fretta ma in silenzio, risalimmo una rampa di scale per metterci fuori dagli sguardi di chi saliva.

Si sentirono delle voci, erano quelle delle persone che stavano salendo.

– Davvero possiamo fare di tutto con loro? – chiese una voce maschile.

– Certamente – rispose la voce di donna che avevamo udito prima. – E' la prima volta che venite?

– Sì... ci hanno raccontato cose meravigliose di questo posto.

– "Meravigliose" è l'aggettivo giusto – confermò la donna. – Ricorderete questa notte per tutta la vita. Ve lo posso assicurare.

– Lo spero... con quello che costa! – osservò un'altra voce maschile.

– Ci sono tanti modi per spendere soldi – replicò la donna. – Questo è quello più piacevole. A cosa servono i soldi se non a provare delizie di questo tipo?

Arrivarono nel pianerottolo sotto di noi e, probabilmente, aprirono la porta.

Mi sembrò di udire qualcuno che deglutì nervosamente alla vista di quello spettacolo. Probabilmente la bava gli stava colando dalla bocca.

– Ci sono regole? – chiese uno di loro.

– Solo quella di non gridare e di non lasciare segni visibili sui loro corpi – rispose la donna. – Per il resto, stanotte, potete fare tutto quello che volete.

Probabilmente gli uomini entrarono e la donna tornò giù dopo aver chiuso la porta. Poco dopo la luce delle scale si spense di nuovo.

– Quel bastardo di Landi è un criminale che va consegnato alla giustizia – dissi sottovoce a Richard.

– Del tutto d'accordo – mi fece lui con calma. – Però ci servono altre prove.

– Lo so... ma come possiamo procurarcele?

– Non so... – mi fece lui con falsa titubanza. – Magari scendendo nei piani inferiori?

Lo guardai accigliando la fronte.

– Cavolo, Richard! E' pericolosissimo...

Il furbo, come al solito, sapeva come convincermi.

– Va bene – disse con la sua flemma. – Se non te la senti, andiamo via.

Si voltò per tornare alla soffitta e io, ovviamente, lo fermai prendendogli il braccio.

– Aspetta, cavolo!... Sai bene che voglio andare giù più di quanto lo voglia tu!

– D'accordo, come vuoi – mi rispose, viscido. – Ma se ci beccano, la colpa sarà tua.

Lo guardai di traverso.

– Va bene, dirò che ti ho convinto io.

Mi mise una mano sulla spalla, tornando serio.

– Dai, vedrai che andrà tutto liscio.

Avrei voluto avere il suo ottimismo. Ma il rischio, in fondo, faceva parte del nostro mestiere.

Richard si mise davanti a me e iniziammo a scendere nel buio, molto lentamente, con i sensi allertati.

Arrivammo di nuovo sul pianerottolo sottostante e cominciammo a scendere l'altra rampa, sperando che la luce delle scale rimanesse spenta. A metà rampa cominciai a sentire delle voci, un uomo e una donna stavano parlando tra loro. Non riuscivamo a capire ciò che dicevano, quindi decidemmo di scendere ancora.

Eravamo quasi arrivati sull'altro pianerottolo e le voci si fecero più nitide. I due stavano parlando in un locale adiacente le scale. Ormai riuscivamo a comprendere le loro parole.

– ... Comunque, quel bastardo di Mario non doveva fare quella stronzata – diceva l'uomo. – Certi sbagli si pagano cari.

– A noi non interessa nulla – gli rispose la donna. – Questi sono problemi di Oliviero e se la deve vedere lui.

– Ti sbagli! – le fece l'altro. – Questa per noi è una cuccagna e non deve finire per colpa di un dannato imbecille.

– Figurati se queste cosucce possono impensierire il nostro maestro!

L'altro si fece una risata contenuta.

– Certo che... Oliviero è un grande! – Esclamò.

– Buon per noi, no? – gli rispose lei. – Ha costruito dal nulla questa affascinante macchina di soldi e noi abbiamo la nostra parte.

– Uhm... una parte misera, però! – replicò l'altro – se paragonata a quello che intasca lui.

– Cerca di accontentarti – gli fece l'altra. – Una mezza cartuccia, come te, quando mai sarebbe riuscito a guadagnare quello che guadagni?

– Ehi! Tu non mi conosci! – replicò, risentito, l'altro.

– Ti conosco, ti conosco fin troppo bene – lo redarguì lei. – Senza Oliviero staresti ancora spacciando alla stazione, per quattro soldi.

Lui sbottò con una parolaccia e per qualche secondo ci fu silenzio.

– Però voglio ripetertelo – iniziò di nuovo lui. – Quella roba in soffitta bisogna farla sparire presto! Pensa se alla polizia venisse in mente di fare una perquisizione proprio domani...

– Zitto, caprone! – protestò lei. – Domani mattina Mario verrà a riprendersi la roba, te l'ho già detto. E basta con questi discorsi!

Poco dopo vidi la maniglia della porta che si abbassava! Io e Richard facemmo le scale a due a due, nel silenzio, fino al pianerottolo... ma la porta rimase chiusa.

Sentimmo la voce della donna che rimproverava l'uomo, poi tornò la calma. Decidemmo di scendere di nuovo a origliare. E fu una scelta felice.

Appena tornati vicino alla porta udimmo la voce di lui.

–... Non tutte si sottomettono senza fiatare. Per esempio, c'è quella Fabiola che ancora è titubante nel varcare la soglia dell'"infinito piacere", come lo chiama il tuo maestro...

– Fabiola si sottometterà come le altre – tagliò corto lei. – E' stata educata con i vecchi sistemi ed è ancora restia a lasciarsi andare, ma i prossimi giorni occuperà anche lei uno dei letti. Oliviero sa convincere tutti, anche i morti.

– Mah! Con quell'intruglio di droghe che lui prepara ogni sera, anch'io sarei capace di far credere alla gente che gli asini volano.

– L'asino sei tu, stronzo! – lo rimbrottò lei. – La droga serve solo a dare il colpo di grazia. Dietro c'è tutta la preparazione psicologica creata ad arte dal nostro capo... non capisci niente e osi paragonarti a Oliviero!

– Va bene, va bene... non te lo tocco più il tuo Oliviero.

– E fai bene! Oliviero è un genio e tu non sei neppure degno di baciargli i piedi!

Seguì una lunga pausa.

– Beh... vado giù in portineria a fare un po' di compagnia a Gino – disse l'uomo.
– Vai pure, ma cerca di non fare discorsi strani con lui. Gino adora Oliviero e se gli fai qualche commento stupido sul maestro, glielo va a riferire e tu saresti spacciato.
– Non sono stupido fino a questo punto. Per chi mi hai preso? – le rispose l'uomo.
– Per quello che sei, idiota!
Immaginando che il tizio stesse per aprire la porta, io e Richard risalimmo di corsa le scale fino al pianerottolo. Le nostre scarpe di morbida gomma fecero il loro lavoro in modo egregio, eppure, una volta aperta la porta e accesa la luce, il tizio si fermò per qualche attimo, poi si rivolse alla donna rimasta nella stanza.
– Uhm... mi è sembrato di sentire qualcosa...
– Sì... qualcuno che sarà caduto dal letto, deficiente! Vai e lasciami in pace!
Il tizio borbottò qualcosa di non troppo carino nei confronti della donna e scese giù.
Dopo un po' la luce si spense.
– Che facciamo? Continuiamo a scendere? – chiesi a Richard.
– No. Sul pianerottolo qui sotto ci sono altre due porte. Mi piacerebbe aprirne qualcuna. Te la senti?
– E' la mia specialità! – gli ricordai.
– Sì, ma non devi far rumore. La donna, probabilmente, è rimasta nella stanza di fronte.
– Non farò rumore – gli promisi. – Nel caso venissimo scoperti, scappiamo di sopra o di sotto?
– Di sotto – mi rispose deciso lui. – Se tornassimo in soffitta, poi dovremmo arrampicarci per l'abbaino e, poi, sul terrazzo. Ci acchiapperebbero di sicuro. Di sotto possiamo spaventarli con le pistole e, una volta fuori, sparire tra i vicoletti.
Scendemmo lentamente, fino al pianerottolo. Era la terza volta che ci mettevamo piede! Ci accostammo alla porta di fronte a quella da dove avevamo sentito la conversazione, era chiusa a

chiave. Se in quel momento la donna avesse aperto la porta ci avrebbe visto senza possibilità di scampo. Ma la cosa non accadde e riuscii ad aprire la porta con relativa facilità, senza far rumore.

Entrammo e richiudemmo la porta alle nostre spalle. Lì dentro era tutto buio e, dopo essere rimasti un po' in silenzio, Richard si decise ad accendere il led del cellulare. Era una stanza piuttosto piccola, con alcune librerie e una scrivania. Ci precipitammo ad aprire i cassetti della scrivania, dopo aver messo i guanti... solo scartoffie! Niente che potesse interessarci. In un cassetto della libreria Richard trovò una bomboletta spray. Ne tolse il coperchio e annusò il liquido che si trovava all'interno. Poi lo fece annusare anche a me... era lo stesso odore che avevo sentito nell'ufficio di Landi.

– E'... quella droga di cui mi hai parlato? – chiesi a Richard, sottovoce.

– Sì, probabilmente la spruzzano qui dentro prima di qualche colloquio con le loro vittime.

Continuammo la ricerca alla luce del led dei nostri cellulari. A un certo punto, avvertii una presenza al mio fianco e mi voltai... un viso di donna mostruoso, con quattro braccia e una bocca grandissima da cui usciva una lingua di fuoco!

– Calma, è solo un busto di Kalì – mi fece tranquillo il mister. – Una dea indiana.

– ...Mortacci! E' piuttosto realistica – osservai.

– Sì, è fatta bene. Ci tengono a impressionare la gente. Ma rimane solo un busto.

Continuammo a cercare qualcosa che potesse servire in un tribunale per incriminare Landi, ma non trovammo nulla. La droga nella soffitta non faceva testo, avremmo dovuto ammettere che l'avevamo scoperta in seguito a una violazione di domicilio e questo avrebbe reso vana la nostra testimonianza. Anzi: avremmo passato noi dei guai seri! Purtroppo, le leggi non aiutano sempre gli onesti. Anche la scoperta di quella specie di bordello al piano superiore non costituiva reato: a Landi sarebbe stato facile dimostrare che le ragazze lo facevano di loro spontanea volontà.

– Non abbiamo trovato nulla di veramente compromettente – bisbigliai a Richard.

– Già! Ma non si può pretendere di avere sempre la fortuna dalla propria parte. Comunque usciamo di qui e cerchiamo di aprire l'altra porta del pianerottolo.

Mi avvicinai all'uscita ma notai una luce che proveniva da sotto la porta.

– La luce delle scale è accesa – mormorai a Richard. – Speriamo che nessuno venga qui.

– Calma. A mali estremi, estremi rimedi – disse, tirando fuori la pistola.

Lo imitai volentieri e mi tenni pronto all'azione.

Fortunatamente, i passi si diressero verso la porta della stanza dove c'era la donna. Sentimmo bussare e, poco dopo, la porta si aprì.

Rimanemmo in silenzio e ci rendemmo conto che i tizi erano andati a parlare in una stanza adiacente alla nostra e sentimmo le loro voci. Incollammo le orecchie alla parete.

– Grande Ausiliatrice – disse una voce di ragazza – nostra sorella Fabiola vorrebbe parlarti... ma è molto combattuta...

– Non temere, Fabiola – disse la donna che avevamo già sentito parlare con il tizio di prima, ma in tono molto più suadente. – Con me puoi confidarti. Sai che la tua felicità ci sta a cuore più di ogni altra cosa.

Seguì un attimo di pausa.

– So che... lei è come una madre, per noi... – la voce di Fabiola era tremolante. – Ma... quei miei dubbi, quelle mie perplessità... mi assillano ancora... e... non so cosa fare. Qui ho trovato la mia serenità... e mi sento molto ingrata.

– Non devi sentirti ingrata – le rispose la donna con voce persuasiva. – Noi non vogliamo la tua gratitudine ma la tua felicità. E non devi fartene una colpa per i dubbi che hai. Molte delle tue sorelle, qui, hanno avuto i tuoi stessi dubbi, prima di capire fino in fondo l'essenza di Atman. Non preoccuparti per questo. Sei stata immersa per tanti anni nella nebbia di Hara, ma ora Kama ti sta facendo rinascere e questo ritorno alla vera vita, è doloroso, come tutti i parti. Ogni donna che partorisce sa cos'è il dolore, ma poi lo affoga negli occhi di suo figlio. Dirò al grande maestro di ritagliare uno spazio per te, per lenire il tuo dolore…

– No!... Ti prego, no! – gemette Fabiola. – Il maestro ha fatto tanto per me e non voglio deluderlo. Fa che non sappia che ti ho detto queste parole…

– Non preoccuparti. Il tuo volere è legge per me – le rispose quella baldracca. – Non glielo dirò, stai tranquilla. Lo dicevo per farti aiutare ma troverò il modo di aiutarti lo stesso. Ora ti preparerò la dolce pozione e andrai a letto. E farai sogni magnifici, e ti sveglierai più serena e riposata.

– Sì… sì. Voglio la pozione – disse, riconoscente, Fabiola. – Voglio sentire la voce di Kama… ne ho tanto bisogno.

Seguì una lunga pausa. Probabilmente la "Grande Ausiliatrice" stava preparando qualche intruglio schifoso di droghe che avrebbero indotto Fabiola a dormire e a provare visioni celestiali.

– Ecco, bevila mia cara – disse dopo un po' la donna. – Ma fai piano. Sorso dopo sorso, Kama scenderà dentro di te.

Seguì ancora una pausa. Forse Fabiola barcollò perché udimmo la voce della donna rivolta all'altra ragazza.

– Sorreggila e accompagnala nel suo giaciglio. Sta con lei finché non dormirà. Poi torna qui e preparerò una pozione anche per te.

– Oh… Grazie! Grande Ausiliatrice… io non ho fatto nulla per meritarla…

– Kama è generoso. Hai accompagnato da me una sorella che aveva bisogno di aiuto. E Kama ti ricompenserà.

– Oh! Grazie, grazie! – ripeté entusiasta la ragazza. – Verrò non appena Fabiola si addormenterà.

Poco dopo udimmo la porta aprirsi. Le ragazze passarono davanti alla nostra stanza e scesero le scale.

– Quella donna è una criminale – mormorai a Richard. – Mi vien voglia di andare da lei e...

– Calmati, Peppino – mi interruppe lui. – Devi avere lo stomaco forte e non farti prendere dal puzzo di questi individui. Dobbiamo restare lucidi se vogliamo smascherarli.

Sospirai per calmarmi.

– Hai ragione... ma se penso a quella povera ragazza...

– Ce ne sono tante di ragazze come lei – mi ricordò lui. – Per questo non dobbiamo farci prendere dalla smania di fare qualcosa. Un errore sarebbe fatale.

– Sì, lo so. Hai ragione – bisbigliai. – Però...

In quel momento udii dei passi che salivano le scale. Qualcuno entrò nella stanza di prima.

– Ancora qui? – disse la donna in tono molto meno suadente di prima. – Ti sei già stancato di parlare con Gino?

– Quello è un disco rotto – si lamentò l'uomo. – Qualsiasi cosa dico finisce sempre con il lodare il maestro. Sembra che non sappia pensare ad altro... Piuttosto, ho visto Lucia e Fabiola scendere le scale. E' successo qualcosa?

– Quella stronza di Fabiola continua a rompere le palle – disse brutalmente la donna. – Ne parlerò con Oliviero. Non vorrei che, parlando con le altre, faccia nascere qualche dubbio anche nelle loro teste. Per sicurezza, ho dovuto promettere una pozione anche a Lucia.

– Ma... il padre di Fabiola, almeno, continua a sganciare?

– No... ha sganciato all'inizio, sperando di convincere la figlia a tornare. Ma ora avrà capito che non serve, e non scuce più neppure un centesimo.

– E, allora, cosa ce la teniamo a fare quella stronza?

– Quella stronza può renderci ancora molto. Male che vada, la imbottiamo di droga e le facciamo fare quello che fanno le altre. Poi, quando non ci sarà più con la testa, la butteremo nella spazzatura. Così come abbiamo fatto con altre come lei. Te lo sei scordato?

Sentii un certo prurito alle mani ma lo sguardo tranquillo di Richard mi convinse a desistere. Strinsi i denti e continuai ad ascoltare.

– Mah!...Io vado a dormire. Mi sto annoiando parecchio... – disse l'uomo.

Prima che lui uscisse dalla stanza, lei lo chiamò.

– Rocco...

– Che vuoi ancora?

– Stammi bene a sentire... smettila con le tue lamentele sul maestro. Se lui viene a sapere qualcosa ti farà passare i guai, e io non muoverò un dito per impedirlo, anche se sei mio fratello!

L'uomo non rispose e uscì sbattendo la porta.

– Imbecille! – sbottò la sorella.

Seguì un lungo silenzio. Guardai Richard.

– Che facciamo?

– Usciamo sul pianerottolo e cerchiamo di entrare nell'altra stanza accanto a questa.

Spense il led del cellulare e si avvicinò alla porta. Abbassò lentamente la maniglia. Le scale stavano al buio e, con le solite precauzioni, uscimmo sul pianerottolo.

Prima di provare ad aprire la porta dell'altra stanza, però, udimmo una voce debole e monotona, come se provenisse da un notiziario.

Richard mi indicò la porta.

– Qui dentro c'è qualcuno e sta guardando la televisione – bisbigliò.

– Quindi?

– Quindi... Andiamo via. Abbiamo sfidato abbastanza la sorte.

– E... se provassimo a scendere ancora?

– No. Giù c'è molta luce, probabilmente c'è anche molta gente chiusa dentro le stanze. Non risolveremmo nulla e correremmo un grosso rischio.

– Uhm... mi hai convinto.

Tornammo indietro. Passammo davanti alla porta della stanza della sorella di Rocco e cominciammo a salire le scale.

Fortunatamente, andò tutto liscio. Arrivammo alla soffitta senza problemi. Entrammo nel grosso magazzino e proseguimmo fin presso l'abbaino. Mettemmo un paio di casse una sopra l'altra e ci arrampicammo su. Giunti sul tetto, richiusi l'anta della finestra e, con il coltello, feci cadere l'asta per bloccare l'anta. Difficilmente si sarebbero accorti della nostra intrusione se non avessero guardato bene il pavimento, scoprendo le nostre impronte. Ma se anche fosse successo, non ce ne importava granché. Con gran sollievo, ci togliemmo i passamontagna. Poi, aiutandoci con la corda che avevamo lasciato penzoloni, ci arrampicammo fin sul terrazzo da dove eravamo scesi. Fu una faticaccia ma non ci furono imprevisti.

Dieci minuti dopo, eravamo già per strada.

– Che bastardi! – fu la prima cosa che uscì spontanea dalla mia bocca.

– Già! Criminali spietati che rovinano un sacco di gente – mi fece eco Richard.

– Riusciremo a incastrarli? – chiesi.

– Non lo so. Ora voglio fare un'unica cosa.

Lo guardai incuriosito.

– E... sarebbe?

– Ficcarmi sotto le coperte e fare una gran dormita. Ho un sonno bestiale.

– Come fai ad aver sonno dopo aver visto e sentito tutta quella roba?

Lui mi guardò con il sopracciglio alzato.

– Sentiamo... tu cosa vorresti fare nelle prossime sei o sette ore?

Ci pensai su, ma solo un po'.
– Hai ragione. In questo momento possiamo solo andare a dormire.
– Bravo fratello! Lo vedi che se ci rifletti con calma le soluzioni vengono spontanee?
– Ha parlato Zarathustra!
Questa volta fu lui a ignorare il mio sarcasmo.
– Senti… – mi disse. – Che ne pensi di un ultimo cicchetto prima della nanna?
L'idea di affogare i nostri pensieri con un po' di alcool non mi dispiaceva.
– E dove lo troviamo un bar aperto alle tre di notte?
– Ehi! Siamo a Firenze! Qui c'è sempre un bar aperto. Dovresti saperlo meglio di me!
Trovammo un bar su via dei Calzaiuoli, a pochi passi dalla cattedrale. Ci facemmo un paio di Whisky, poi, con calma, risalimmo in auto e ce ne andammo a dormire.

Capitolo 7 – Il palazzo in mezzo al bosco

Il giorno dopo mi svegliò il meraviglioso odore di cappuccino. Subito dopo sentii bussare Richard alla porta della mia camera.
– Non pretenderai che te lo porti anche a letto, vero? – mi disse, ironico.
– Sarebbe bello da parte tua…
– Sbrigati, sfaticato!
Mi alzai e detti un'occhiata all'orologio: quasi le nove!
Mi detti da fare e dieci minuti dopo ero in soggiorno, lavato e rasato, ma ancora in pigiama. Richard, invece, era già vestito di tutto punto.
– Hai intenzione di uscire subito? – gli chiesi, tra un sorso e l'altro.
Lui non mi rispose. Si sedette e fissò il piano del tavolo.
– Uhm… comincio ad avere qualche idea di quello che sta succedendo intorno a noi – disse.
Lo guardai, perplesso.
– Veramente… a me sembra tutto chiaro – replicai.
Lui sospirò e mi guardò a sua volta.
– Sentiamo… cosa ti sembra? – mi chiese.
– Beh… c'è quella dannata setta che è responsabile della morte di Aminah e della sparizione di Fabiola, e di chissà quanti altri reati. Non la pensi così anche tu?
Lui abbassò di nuovo lo sguardo.
– Sì, in linea di massima è così, però… c'è qualcosa che non quadra. Temo che la realtà sia più complessa di quello che sembra.
Scossi la testa e alzai le sopracciglia.
– So che spesso i tuoi dubbi sono azzeccati… ma non vedo dove puoi andare a parare stavolta. Abbiamo un bastardo che risponde al nome di Oliviero Landi, abbiamo una setta creata per sfruttare le sofferenze della gente. Ieri sera abbiamo avuto la

conferma di tutti i nostri sospetti, quindi… cosa pensi che ci sia oltre a questo?
– Il fatto è che i tasselli non sono ancora tutti al loro posto – mi rispose lui.
– A cosa ti riferisci?
– A niente di particolare… chiamala sensazione, chiamalo sospetto, chiamala come vuoi, ma c'è ancora qualcosa che non è chiara.
Alzai le spalle.
– Bah!... Secondo me, invece, l'unico nostro problema consiste nel trovare le prove per sbattere quel delinquente con le spalle al muro. Lui e tutta la sua cricca di farabutti.
Richard stava per replicare ma in quel momento suonò il citofono. Andò a rispondere. Era il commissario.
Tornai subito in camera per togliermi il pigiama di dosso e vestirmi in modo più decente. Poi tornai nel soggiorno. Richard e il commissario Mantelli erano seduti intorno al tavolo. Salutai il poliziotto e subito dopo Richard mi aggiornò.
– E' scomparso don Claudio – mi disse, mentre mi sedevo anch'io.
– Scomparso? Cosa intendi?
Intervenne il commissario.
– Questa mattina, di buonora, ci ha contattato la sua perpetua. Ogni giorno, verso le sette, va da lui per preparargli da mangiare e rimettere in ordine la casa. Anche stamattina lo ha fatto, ma nella camera del prete non c'era nessuno, e il letto non era stato disfatto.
– Quindi… non è tornato a casa, ieri sera… – osservai, ancora mezzo assonnato.
– Sembra evidente – confermò Mantelli. – E la cosa ci preoccupa, perché don Claudio aiuta spesso ragazzi perduti nei giri di droga e di prostituzione. Non vorrei che qualcuno abbia pensato di fargliela pagare. Lo conosco molto bene perché a volte

riesce a convincere i suoi ragazzi a collaborare con noi... So che vi siete visti, nei giorni scorsi, e speravo di sapere qualcosa da voi.

Richard sospirò.

– No, purtroppo non possiamo esserle d'aiuto – rispose al poliziotto. – Lo abbiamo visto ieri. E' venuto da noi insieme a un giovanotto, un certo Tommaso Gori...

– Sì, lo conosco – lo interruppe Mantelli. – E gli ho già telefonato, ma neppure lui ha saputo dirmi qualcosa.

Cominciai a temere che fosse successo qualcosa di brutto al nostro simpatico pretino, e la cosa mi irritava parecchio.

Dallo sguardo di Richard, capii che anche lui temeva il peggio. Si rivolse al commissario.

– Lei sa se in questo periodo si stava occupando di qualche caso in particolare?

– L'ho visto l'altro giorno e mi ha parlato di voi e del caso di Aminah. Mi ha detto che avrebbe fatto di tutto per smascherare i colpevoli del delitto di quella ragazza. Non vorrei che si fosse cacciato in qualche guaio.

– Spero di no – gli fece Richard. – Ma la cosa ci preoccupa. Anche a me è sembrato molto scosso dal tragico destino di quella ragazza e mi è parso un sacerdote piuttosto intraprendente.

– Sì, glielo confermo – annuì il commissario. – Nonostante il suo aspetto umile e remissivo, don Claudio è uno che non si fa crescere l'erba sotto i piedi. E se c'è da aiutare qualcuno, lo fa con molta sollecitudine. Qualche anno fa subì un pestaggio da parte di alcuni spacciatori ma lui è uno che non si fa intimorire... accidenti! Sono molto preoccupato!

Richard mi guardò, poi si rivolse ancora al commissario.

– Dove abita don Claudio?

Mantelli non rispose subito. Ci guardò entrambi, poi finalmente si decise.

– Parliamoci chiaro, signori... io so che voi state facendo indagini, per conto vostro, sul caso di Aminah. L'ho capito da quello che mi ha detto proprio don Claudio. Non intendo certo biasimarvi, ma devo pregarvi di non intralciare le nostre di indagini...

– Sappiamo benissimo che non dobbiamo superare certi limiti – lo interruppe Richard. – Non si preoccupi, commissario, conosciamo il nostro mestiere. Ma ora siamo in pena per quel prete e vorremmo fare qualcosa al più presto, prima che sia troppo tardi.

Seguì un attimo di silenzio. Poi finalmente Mantelli parlò.

– E va bene... ma dovete promettermi che se venite a sapere qualcosa di importante, me lo direte.

– Promesso, commissario – gli disse Richard. – Adesso ci dica dove abita.

– D'accordo. Abita in via Ronciglione, al numero dieci, accanto alla sua chiesa. Ci sono stato un paio d'ore fa ma non c'era nessuno. La perpetua, nel frattempo, è andata via.

Si alzò, e prima di uscire si fermò a guardarci.

– Conto sulla vostra parola – ci disse.

– Stia tranquillo. Non intralceremo le sue indagini e, in caso di novità importanti, gliele faremo sapere al più presto – gli rispose Richard.

Il poliziotto ci salutò con un gesto e uscì. Mi rivolsi a Richard.

– Cosa facciamo?

– Andiamo in via Ronciglione, al numero dieci – mi rispose con veemenza. – Può darsi che scopriremo qualcosa che ci faccia capire dove s'è cacciato don Claudio.

– Ma... il commissario ha detto che in casa non c'è più nessuno...

– Peppino! – mi redarguì lui. – Devo spiegarti proprio tutto?

Mio malgrado, compresi.

– Guarda che agli scassinatori danno dai cinque ai sei anni di reclusione... – gli feci osservare.

– Se succederà, ti prometto che verrò a trovarti in galera tutti i giorni – tagliò corto lui, dirigendosi verso la sua stanza

– Commovente! – borbottai, mentre mi alzavo per andarmi a preparare in camera.

Dieci minuti dopo eravamo sulla Cinquecento e ci dirigemmo verso via Ronciglione, in direzione di Arcetri. Il navigatore ci disse che si trovava a meno di due chilometri da dove eravamo partiti.

Arrivammo ben presto davanti alla piccola casa, adiacente la chiesa. Intorno a noi c'erano poche abitazioni e, per strada, quasi nessuno.

Ci avvicinammo alla porta e tirai fuori il grimaldello, mentre Richard si guardava intorno e mi copriva. C'erano solo due persone a un centinaio di metri e parlavano tra di loro, senza far caso a noi.

La serratura non era facilissima e impiegai ben più di un minuto per aprirla. Alla fine abbassai la maniglia e feci per entrare ma... mi bloccai di colpo! Di fronte a me si parò un tizio basso e vestito di nero, armato di una scopa che stava per abbattere sulla mia testa.

– Don Claudio! – esclamò Richard alle mie spalle. – Siamo noi!

Il prete fece in tempo a fermarsi. Rimase per qualche istante con la scopa minacciosamente sollevata, poi l'abbassò lentamente.

– Oh, mio Dio! – esclamò. – Cosa stavo per fare!

– Possiamo entrare? – chiese il mister mentre si guardava le spalle.

– Ma certo, amici – rispose contrito il pretino. – Entrate e perdonate la mia irruenza. Non immaginavo certo che foste voi...

Fui molto felice di vederlo vivo e vegeto.

– La colpa è nostra, padre – lo tranquillizzò il mister. – Stavamo entrando in casa sua come dei lestofanti.

– Già... perché? – ci chiese don Claudio mentre ci faceva entrare nel salotto.

Richard gli disse della visita del commissario e della nostra preoccupazione per la sua scomparsa, mentre ci sedevamo su un divano pulito ma sgangherato. Il prete si sedette su una sedia accanto al tavolo e mi accorsi che era sofferente.

– Eh... non avevate tutti i torti ad essere preoccupati per me... Stanotte ho avuto una brutta esperienza. – Tirò fuori dalla tasca dei pantaloni un fazzoletto di stoffa, tutto insanguinato.

– Lei è ferito, padre! – esclamò Richard.

– No, no. Ora sto bene – cercò di rassicurarci il prete. – Ho preso una brutta botta in testa ma ora sto bene.

Richard si alzò e si avvicinò al sacerdote, guardandogli la testa.

– C'è del sangue dietro la nuca – gli disse. – Lei dev'essere visitato da un dottore.

– C'è tempo per quello – replicò il parroco. – Ora è necessario che vi racconti una cosa...

– Ce la racconterà dopo, padre – lo interruppe Richard. – La sua salute prima di tutto. La accompagniamo da un dottore...

– No... per favore, signor Green – insistette il prete. – Devo dirvi una cosa importante.

Il mister si rassegnò.

– E va bene, ma poi... subito dal dottore!

– D'accordo – concordò l'altro. Fece un sospiro, poi continuò. – Ieri sera è venuta da me una ragazza, Aisha. Era già venuta qualche altra volta, sempre di nascosto, a raccontarmi tutta la sua disperazione per essere dovuta entrare in un giro di droga e prostituzione umiliante. Ho cercato di convincerla ad abbandonare il giro, ad affidarsi alle organizzazioni che proteggono donne come lei... ma non c'è stato verso! Aveva troppa paura. Le ho detto che sono amico del commissario di polizia, che conoscevo gente importante che si sarebbe presa cura di lei... ho insistito a lungo, ma... niente da fare! A un certo punto mi ha detto che doveva andare via perché la obbligavano a partecipare a certe riunioni dove si incontrano tutti quelli della setta... mi piangeva il cuore a doverla abbandonare nelle mani di quei criminali, così… quando è uscita… mi sono fatto coraggio e l'ho seguita…

Il discorso si faceva interessante. Drizzai le orecchie. Lui prese fiato, si passò ancora il fazzoletto dietro la nuca, poi continuò.

– L'ho seguita a distanza, a piedi, cercando di non farmi scoprire da lei. Era sera, sul tardi, quindi c'era poca luce e, questo fatto, mi agevolava. Pensavo che non avrei dato nell'occhio. A un certo punto, lei ha lasciato la strada e s'è addentrata in un boschetto. L'ho seguita anche tra quegli alberi… era semibuio e c'era solo un viottolo appena discernibile tra l'erba… ho camminato per qualche centinaio di metri, fino a quando ho intravvisto un palazzo fatiscente, molto grande, oltre gli alberi… a quel punto è calato il buio… non ricordo più nulla. Mi sono svegliato questa mattina, disteso per terra, con un forte mal di testa. Sono riuscito a rimettermi in piedi e a tornare qui… è stato molto faticoso. Sono arrivato da poco e… dopo ho sentito dei rumori alla porta… mi sono armato di scopa perché pensavo che qualcuno mi avesse seguito e volesse finirmi.

– Ci dispiace averla spaventata, padre – gli disse il mister con rammarico. – Pensavamo che in casa non ci fosse nessuno e volevamo cercare qualcosa che ci facesse capire dove lei potesse essere andato. Eravamo molto in pensiero e non volevamo perdere tempo.

– Oh!… vi ringrazio per la premura – ci fece il pretino sanguinante. – Siete gente onesta e sensibile. Sono contento che il Signore vi abbia messo sulla mia strada.

– Bene. Adesso la accompagniamo da un dottore… – stava dicendo Richard.

– Un'ultima cosa – lo interruppe ancora don Claudio. – La ragazza, prima di andar via, mi ha detto che le riunioni le avrebbero tenute per due notti consecutive…

Richard mi guardò. Poi si rivolse al prete.

– Quindi, anche stanotte si riuniranno?

– Sì... ma non voglio che corriate i pericoli che ho corso io. Basterebbe avvertire il commissario...

– E con quale accusa? – gli rispose il mister. – Non è vietato riunirsi.

– Sì... però... potrebbero scoprire qualcosa...

– Potete essere certo che il luogo è ben sorvegliato – gli rispose il mio socio. – Appena avvistate le auto della polizia, farebbero sparire tutto ciò che è compromettente.

Cominciai a capire che la prossima notte non sarebbe stata meno movimentata di quella passata.

– Oh... allora non c'è proprio nulla da fare? – chiese rassegnato il sacerdote.

– Ci penseremo su, io e il mio amico – gli rispose il mister per non farlo preoccupare. – E vedremo cosa si può fare... Piuttosto, sarebbe in grado di dirci con precisione dove si trova quel palazzo?

– Sì, certamente... se prendete il cellulare ve lo farò vedere su Google Maps.

Presi il mio telefono e misi il programma che aveva menzionato il prete, poi glielo passai. Lui cercò la zona, poi ci indicò il palazzo sulla mappa.

– E' questo, ne sono sicuro. E' una costruzione che risale a qualche secolo fa, ormai fatiscente, ma ho sentito dire che c'è un vasto sotterraneo dove un tempo si facevano cose strane... non so se è leggenda o realtà... ma non andateci da soli, per carità! Avete visto cosa mi è successo...

– Non tema, padre. Faremo la cosa giusta – gli rispose il mister in modo sibillino.

Finalmente convincemmo il prete a seguirci da un dottore. Lo portammo al Pronto Soccorso più vicino. Il medico che lo visitò ci disse che aveva un brutto ematoma sulla nuca ma niente di troppo grave. Lo lasciammo nelle sue mani e andammo via.

Telefonammo al commissario per avvertirlo del ritrovamento e della brutta avventura subita dal sacerdote. Però non dicemmo nulla riguardo alla riunione della setta nella prossima notte. Avrebbe potuto metterci i bastoni tra le ruote. Io e Richard avevamo già deciso cosa fare.

Risalimmo in auto e ci dirigemmo verso casa. Era quasi mezzogiorno e bisognava preparare qualcosa da mangiare prima di mettere a punto un buon piano d'azione per quella notte.

Fermai l'auto davanti casa e notai un gruppetto di giovani, tre o quattro, che si alzarono da una panchina non distante e vennero verso di noi. Feci finta di nulla e azionai il telecomando per far aprire il cancello. Parcheggiai l'auto sul fianco della casa e scendemmo. Guardai ancora in direzione del gruppetto e notai che si erano avvicinati al cancello.

– Ho la vaga impressione che questi cerchino rogne – dissi sottovoce a Richard.

Lui li guardò, tranquillo.

– Mah!... Sentiamo cosa vogliono – si limitò a rispondere.

– Ehi! Voi! – ci chiamò uno di loro. – Dobbiamo parlarvi!

Ci avvicinammo con calma al cancello. Si trattava di ragazzi tra i venti e i trent'anni. Due di loro erano in giacca e cravatta. Gli altri due con giubbotto e camicia, non meno eleganti. Uno si rivolse a me, guardandomi storto.

– Sei tu Richard Green?

Non gli risposi e mi limitai a indicargli il mio socio con il pollice.

Lo sguardo in cagnesco si spostò su Richard. Il giovanotto gli puntò il dito contro.

– Siamo venuti a sapere che hai mancato di rispetto al nostro Maestro... e la cosa non ci è piaciuta!

Forse si aspettava che Richard gli rispondesse, ma il mio socio rimase a guardarlo tranquillamente. Allora il tizio andò avanti.

– Se solo ti azzardi a rifarlo un'altra volta ti faremo passare noi la voglia di infastidire la brava gente! Stai lontano dal Maestro e non avvicinarti mai più a casa sua! – gli disse, torvo.

Richard lo guardava senza mutare espressione. La cosa era alquanto comica.

– ...Altrimenti? – gli chiese all'improvviso.

Il ragazzo deglutì nervosamente, poi rispose facendosi forza.

– Altrimenti... se non ci fosse questo cancello, ve lo faremmo vedere subito cosa vi succederebbe... "altrimenti"!

Forse contava sul fatto che erano quattro contro due ma, per sua sfortuna, Richard aveva voglia di divertirsi. Prese la chiave e aprì il cancello.

– Vediamo – si limitò a rispondere.

Il giovanotto rimase interdetto. Probabilmente non aveva calcolato la mossa del britannico. Guardò i suoi amici dietro di lui, che non mi sembravano molto più tranquilli, e cercò di farsi coraggio. Si rimboccò le maniche in modo minaccioso e fece un passo verso di noi.

– Adesso vi faremo vedere...

Gli piazzai la canna della pistola in mezzo agli occhi.

– ...Cosa?

Il giovanotto divenne prima bianco, poi rosso e, infine, ceruleo.

Ripetei la domanda con calma imperturbabile.

– ...Cosa ci farete vedere?

Il ragazzo iniziò a deglutire nervosamente. Tremava e sembrava paralizzato dalla paura. I suoi amici, dietro di lui, non osavano neppure respirare. Mi fecero pena e abbassai la pistola.

– Andate via – gli disse Richard. – E' del vostro maestro che dovete aver paura. Non di noi.

Il giovanotto davanti a lui riuscì, lentamente, a muoversi e a voltarsi. In silenzio, tutti e quattro, si allontanarono timorosi.

– Poveri ragazzi – fece Richard, guardandoli andar via. – Come pecorelle in balia di un lupo senza scrupoli. Sono venuti da noi con la speranza di poter raccontare la loro bravata al tanto amato maestro che gli sta succhiando la vita.

– Già... pur di farsi belli ai suoi occhi.

Entrammo in casa. Richard si tolse il giubbotto, indossò il grembiulino e si mise ai fornelli.

– Dopo pranzo cosa faremo? – gli chiesi dopo essermi seduto a guardarlo.

– Ci penseremo dopo pranzo – mi rispose, conciso. – Ora ho solo voglia di preparare un bel lambredotto.

Corrugai la fronte.

– Lampre...che?

– Lampredotto, un tipico piatto di Firenze. Tu dovresti conoscerlo dato che hai vissuto qui per parecchio tempo. In frigo ho visto tutto il necessario.

Storsi la bocca.

– Bah!... Io mi accontenterei di pane e mortadella...

Si fermò e mi guardò corrucciato.

– Mi hai convinto. Apri il frigorifero e prendi la mortadella.

Chiusi gli occhi e alzai le mani.

– Va bene, va bene. Vada per il lampredotto...

– Allora silenzio e lasciami concentrare!

Con Richard non ci si annoiava mai.

Il lampredotto risultò ottimo, accompagnato da un paio di bicchieri di Chianti.

Del tutto soddisfatto, mi appoggiai allo schienale della sedia, accarezzandomi la pancia, e mi rivolsi a lui.

– Complimenti! Bravo!... Ora possiamo parlare di quel che faremo stasera?

– Direi di sì. Adesso sono in grado di riprendere a ragionare.

– Cosa proponi?

– Nell'immediato, una bella pennichella, tanto per smaltire il pranzetto. Poi propongo di andare a dare uno sguardo al luogo della riunione di stanotte.

– Il palazzo che ci ha indicato don Claudio?

– Sì, quello… Stanotte sarà senz'altro ben controllato ma, nel pomeriggio, forse possiamo avvicinarci con maggiore possibilità di non essere notati.
– Uhm… credo che tu abbia ragione.
– Vado a prendere il notebook, così potremo controllare meglio la zona con il satellite, prima di andarci.

Andò in camera e tornò subito dopo con il pc portatile. Lo accese e cliccò sul programma di Google maps. Trovò la zona del palazzo, vista dal satellite, e la ingrandì al massimo. Il palazzo si trovava al margine di un bosco di pochi ettari. Riuscimmo a distinguere una stradina che partiva dalla strada principale e raggiungeva il palazzo.

– Questa sarà senz'altro molto controllata – osservò Richard.
– Sì… ma stando a quanto detto da don Claudio, lui ha percorso un sentiero appena percettibile, seguendo la ragazza.
– Già!... vediamo di individuarlo – rispose il mister, senza togliere gli occhi dallo schermo del notebook.

Aguzzando la vista e analizzando attentamente il bosco, riuscimmo a individuare il sentiero.

– E' questo, senz'altro – dissi convinto. – Se consideriamo la casa di don Claudio, questo è il luogo più vicino per attraversare il bosco e raggiungere il palazzo. Probabilmente la ragazza è passata di qua.
– Sì, hai ragione – concordò il mio socio. – Questo molto probabilmente è il viottolo percorso da don Claudio la notte scorsa.
– …E che si è rivelato molto sorvegliato anch'esso – aggiunsi. – Visto la tranvata che s'è preso il pretino.
– Già! Un viottolo da evitare assolutamente – concordò lui.

Continuammo a studiare il bosco e il palazzo. Alla fine Richard fece una proposta.

– Secondo me, conviene passare nella zona del bosco più lontana dal palazzo, che è anche quella più ricca di alberi. Non credo che piazzeranno uomini anche da quella parte.

Guardai la zona indicata da Richard. Tra l'inizio del bosco il palazzo c'era quasi un chilometro di distanza, ma il percorso attraversava la parte più folta della vegetazione e lì difficilmente ci avrebbero potuto notare.

– Penso che tu abbia ragione – gli risposi, accarezzandomi il mento. – Però non sarà facile passare in mezzo a tutta quella vegetazione di notte, considerando che non potremo accendere le torce elettriche.

– Non ci passeremo di notte – mi fece lui.

Lo guardai dubbioso.

– Ma... la riunione è per stanotte, secondo don Claudio.

– Lo so, ma cerca di pensarci, Peppino... Non possiamo accendere le torce, e in quella zona la vegetazione è fitta. Avremmo un sacco di problemi ad attraversarla al buio.

– E...quindi?

– Ci andremo in tarda serata, quando ancora ci sarà un po' di luce. Ci nasconderemo al margine del bosco, in vista del palazzo, e lo osserveremo, scegliendo il momento adatto per entrarci senza essere visti.

– Uhm... dovremo aspettare qualche ora per trovare il momento adatto per entrare.

– Sempre meglio che aspettare per l'eternità – mi rispose, subdolo.

– Non sei spiritoso!

– Non voglio esserlo. Il mio è puro realismo. Se ci scoprono ci fanno la festa.

– Lo so benissimo e preferisco non pensarci.

Seguì qualche attimo di silenzio. Richard osservò ancora la zona, poi continuò.

– Bene. Non ci resta che andare sul posto per studiare la situazione.

– Dove parcheggeremo l'auto?

– Uhm... preferisco non parcheggiarla al margine del bosco. Qualcuno potrebbe notarla. La lasceremo vicino a queste case –

mi indicò un gruppetto di case sulla mappa. – Penseranno che appartiene a gente del posto.

– D'accordo. Andremo con la Cinquecento, no?

– Sì, certo. Ma mettici dentro anche il binocolo. Potrà servirci.

Feci come mi aveva detto. Uscii, andai a prendere il binocolo dal Suv e lo misi nella Cinquecento.

Poi rientrai in casa e ci concedemmo una pausa, ritirandoci nelle nostre camere a riposare.

Un'ora dopo fu lui a svegliarmi.

Mi alzai dal letto con una certa fatica, in fondo la notte scorsa non avevo dormito granché, meno di cinque ore.

Ci preparammo e uscimmo, salimmo sulla Cinquecento, misi in moto e partii.

Facemmo meno di tre chilometri per raggiungere il luogo prestabilito. Lasciammo l'auto parcheggiata presso il gruppetto di case e ci incamminammo a piedi verso il bosco. Era una zona semideserta; per quella strada, asfaltata ma stretta e disconnessa, transitavano pochissime auto.

Raggiungemmo il boschetto dopo un mezzo chilometro percorso chiacchierando del più e del meno. Avevo messo il binocolo in una borsa che portavo a tracolla, tanto per non dare l'impressione di turisti in vacanza.

In quel tratto, il bosco, in realtà, era veramente fitto. C'erano alti alberi di quercia, cipressi e pini. Nel sottobosco era tutto un intrigo di arbusti, rovi ed erba alta. Comunque ci addentrammo senza troppi problemi nella selva, scegliendo il percorso più agevole.

Naturalmente stavamo ben attenti a guardarci intorno, con le orecchie tese. Incontrammo anche un serpente, un saettone scuro, piuttosto lungo, che ci attraversò la strada senza degnarci di uno sguardo. Sperai che non fosse di cattivo augurio.

Camminammo per quasi un chilometro in quella boscaglia, finché, a un tratto, oltre gli alberi, scorgemmo il palazzone. Si trattava di una costruzione che aveva senz'altro conosciuto tempi migliori. Sorgeva in una radura, era grande, alta tre piani, con le finestre contornate da stucchi ormai decrepiti, le persiane scolorite e divelte. Ampie zone delle pareti erano ormai prive di intonaco e l'erba alta circondava tutta la casa.

Ci fermammo al limite del bosco, senza uscire allo scoperto, e osservammo la casa attentamente. Richard si fece dare il binocolo per studiarne i particolari.

– L'interno sta messo ancora peggio dell'esterno – mi disse. – Ci sono travi di legno crollate e pareti con grossi buchi. Il pavimento sarà pieno di calcinacci.

– Quindi è impraticabile – precisai.

– Sì, credo proprio di sì. Ma don Claudio ci ha detto che le riunioni dovrebbero svolgersi in un sotterraneo… in realtà, il piano terra è rialzato e ci sono delle piccole finestre che dovrebbero illuminare la zona di sotto, le sto guardando adesso… però quelle finestrelle sono coperte da pezzi di legno…

– E… i pezzi di legno sono inchiodati?

– Uhm… no, non credo, sono leggermente inclinati, quindi sono solo appoggiati alle finestre.

– Beh… meglio così, no?

– Sì… meglio così – rispose lui continuando a guardare l'edificio con il binocolo. – Il vero problema è come raggiungere quelle finestrelle.

Guardai ancora la zona intorno alla casa.

– C'è l'erba alta… – osservai. – Strisciando tra l'erba non dovremmo avere problemi a raggiungere le finestrelle.

Lui mi guardò, sardonico.

– Vedo che oggi fai l'ottimista. Bene! Ma ti avverto che stanotte non sarà come adesso: probabilmente qui intorno ci sarà un sacco di gente e quando si striscia tra l'erba… l'erba, purtroppo, si muove!

C'erano almeno una cinquantina di metri tra il margine del bosco e quelle finestrelle… in effetti sarebbe stato molto rischioso.

– Hai qualche altra idea? – gli chiesi.
– No. Stanotte dovremo raggiungere quelle finestrelle, ma...
– ...Ma con molta circospezione. Lo so, capo.
– Bravo, Peppino! Continua così e arriverai a cent'anni.
– Grazie... papà!

Non raccolse il mio sarcasmo e continuò a guardare i dintorni con un binocolo. A un certo punto si ritirò dietro il tronco dell'albero più vicino. Io mi affrettai a imitarlo, e lo guardai.

– Ci sono due tizi, nel bosco, che stanno camminando verso l'edificio – mi disse. – Se non mi sbaglio, da quella parte dovrebbe esserci la stradina che raggiunge la Provinciale.

– Quindi... si tratta di due della setta?

– E' molto probabile. Parlano tranquillamente tra di loro, come se sapessero dove stanno andando.

Osservando attentamente, riuscii a distinguerli anch'io, tra gli arbusti del sottobosco. Richard tornò a osservarli con il binocolo.

– Sono due giovani, piuttosto trasandati – mi informò.

Poco dopo li notai anch'io uscire dalla boscaglia e dirigersi verso il palazzo. Tra noi e loro c'erano più di cento metri. Rimanemmo nascosti tra la vegetazione e continuammo a osservarli. A un certo punto, uno di loro tirò fuori qualcosa dalla tasca e la mostrò al compagno. Richard tornò a guardarli con il binocolo.

– E' una pistola – mi disse. – La sta mostrando al suo compare con un certo orgoglio.

Ogni dubbio svanì: erano due delinquenti appartenenti alla setta.

I tizi entrarono nell'edificio e noi decidemmo di tornare indietro. Ormai avevamo visto abbastanza e potevamo prepararci alla visita notturna.

Ripercorremmo all'indietro il cammino fatto, stando sempre ben attenti a quello che c'era intorno a noi. Raggiungemmo la strada un quarto d'ora dopo e ci avviammo verso la Cinquecento.

Mezzora dopo stavamo davanti al cancello di casa. Parcheggiai l'auto, scendemmo ed entrammo nel soggiorno. Non facemmo neppure in tempo a toglierci i giubbotti che il cellulare di Richard squillò. Era Edoardo, ci chiese di farci visita. Il mister accettò di buon grado: qualsiasi notizia sulla storia che stavamo indagando era ben accetta.

Il nostro ospite non si fece attendere per molto, dopo un quarto d'ora suonò al citofono. Andai ad aprire e lo feci accomodare su una poltrona. Subito dopo, Richard uscì dalla sua camera e si unì a noi.

Dopo i saluti e i convenevoli, il figlio di Lorenzo venne al dunque.

– So che state continuando a indagare su quella setta – ci disse – e mi sento il dovere di mettervi in guardia. Forse voi non avete ancora idea di quanto malvagie siano quelle persone. E non parlo neppure tanto di Oliviero, che già avete conosciuto, quanto piuttosto di suo fratello, Filippo.

– Lo conosce bene? – gli chiese Richard.

– Sì, lo conosco bene, forse più di quanto lo conoscano le forze dell'ordine – rispose Edoardo.

– Ha dei precedenti penali?

– Oh, no! Filippo è troppo furbo per farsi prendere con le mani nel sacco. Lui manda avanti gli altri e si ripara dietro le quinte. Ma è lui che comanda, è lui che dà gli ordini più spietati. Probabilmente è lui che ha ordinato l'assassinio di quella povera ragazza... Aminah.

– Ci sta dicendo che Filippo è il vero capo della setta di cui Oliviero è il maestro?

Edoardo strinse i denti e le labbra.

– Non proprio... Quella setta appartiene a Oliviero, ma non mi meraviglierei se venissi a sapere che Filippo ha le mani in pasta anche in quella Società. Vedete... io credo che Filippo abbia un'organizzazione tutta sua, incentrata sulla violenza e sull'omertà. Si occupa di droga, di prostituzione, di pizzo, di

tangente... pensate che anni fa chiese il pizzo anche a me... non lui direttamente, ma tramite persone che sapevo legate a lui.
– E lei ha ceduto al ricatto?
– No... ho anche subito delle intimidazioni ma ho tenuto duro. Ad altri, invece è andata molto peggio: ci hanno rimesso la pelle, anche se non sono mai state trovate prove contro Filippo Landi.
– Quindi, l'anima più nera non sarebbe quella di Oliviero, bensì quella di Filippo – concluse Richard.
– Io ne sono convinto, mister Green. Vivo da queste parti da quando sono nato e conosco tutti. In questi ultimi anni l'atmosfera si sta facendo pesante, questa città sta diventando peggio delle capitali della camorra e della mafia. Gli imprenditori hanno paura, e quando possono vanno via... So che non è un quadro rassicurante ma ho avvertito il bisogno di dirvelo. In qualche modo ho un debito di riconoscenza nei vostri confronti, perché avete tolto quel dubbio atroce a mio padre e lo avete reso la persona più felice della Terra.
– E noi gliene siamo grati, signor Baldini – gli rispose il mister. – Lei ci ha illustrato una situazione molto complicata e ci ha fatto diventare coscienti di tutte le difficoltà a cui andremo incontro.
Seguì una breve pausa, poi Edoardo continuò.
– A dire il vero, sono stato tentato di non dirvi nulla di tutto questo perché mio padre mi ha assicurato che siete persone molto in gamba e, forse, sareste potuti arrivare a scalfire l'impero di quel criminale. Ma la mia coscienza mi ha imposto di parlarvi.
– Ha fatto bene – lo rassicurò il mister. – E' sempre bene capire con chi si ha a che fare. In realtà io non pensavo che la situazione fosse così marcia. Stavo concentrando tutti i miei sforzi su Oliviero e la sua setta ma, a questo punto, penso che ci sia ben altro in gioco.
– Purtroppo è così – fece in tono rassegnato Edoardo.
Richard annuì.

– Se dovesse succedere che abbiamo bisogno di lei, potremmo contare sul suo aiuto? – chiese a Edoardo.

– Beh... se non mi coinvolgerete direttamente, potrò fornirvi il mio aiuto ma... sinceramente, in caso contrario, non me la sentirei. Io in questa città ci devo vivere e qui ho i miei interessi... voi mi capite, vero?

– Senz'altro – lo rassicurò il mio socio. – Non si preoccupi, non la coinvolgeremo in modo diretto. Forse potrà fornirci delle informazioni, ma la cosa rimarrà tra di noi. Non le chiederemo alcuna testimonianza.

– In questo caso potete contare su di me – rispose Edoardo, con convinzione.

Continuammo per un po' la chiacchierata su altri argomenti, poi Edoardo si alzò e ci salutò. Appena uscito guardai il mio socio.

– Ci ha fatto un quadretto idilliaco di questa città... – gli dissi. – Non credevo che la mia Firenze fosse caduta così in basso.

– Neppure io, e questo cambia un po' le cose – mi fece lui.

Lo guardai, perplesso.

– Vuoi cambiare i nostri piani per stanotte?

– No, non ci penso neppure. Ma dovremo stare molto attenti a come ci muoveremo nei prossimi giorni.

– Credi che siamo in pericolo?

– Beh! Ci hanno già avvisato, mi pare.

– E in modo molto eloquente – risposi, ricordando il macabro reperto che trovammo sulla tavola, la sera precedente.

Parlammo di vari argomenti, fino all'ora di cena. Decidemmo di tornare da "Gigi il bisteccone" perché non avevamo voglia di metterci ai fornelli, anzi, dovevamo concentrarci per la missione che si presentava molto pericolosa.

Una bella bistecca alla fiorentina, quella sera, ci dette modo di conservare il buonumore.

Capitolo 8 – Una missione pericolosa

Verso la fine della cena tornammo a parlare delle indagini.
– Hai fatto caso a una cosa? – mi chiese il mister.
– Uhm… ho fatto caso a tante cose: a quali ti riferisci?
– Al fatto che, negli ultimi tempi, non siamo più pedinati.
Era vero. Non avevamo più visto gente alle nostre calcagna.
– Beh… è un fatto positivo, no? – osservai.
– Mica tanto – mi fece lui. – Forse cercavano conferme che hanno ormai ottenuto e staranno prendendo le necessarie contromisure.
Lo guardai di sbieco.
– Vuoi spaventarmi?
Alzò le spalle.
– Dovrebbe spaventarti ciò che abbiamo ascoltato da Edoardo. Io cerco solo di immaginare le conseguenze.
Ci riflettei un po' su. Poi lo guardai negli occhi.
– Dimmi la verità… pensi che siamo in grave pericolo? Pensi che stiano progettando di eliminarci?
Lui sospirò.
– Francamente, non lo so. Nel dubbio, rimaniamo con gli occhi ben aperti e le mani sempre vicino alle pistole.
– Questo mi sembra un buon consiglio – approvai.
Quelle considerazioni, comunque, non mi facevano stare tranquillo, tanto che a un certo punto entrò nella trattoria un giovane con un borsone lungo, piazzandosi a un tavolo non distante dal nostro. Sembrava che non si interessasse a noi, ma avevo il sospetto che ci tenesse d'occhio di nascosto. Un tizio solo… con un lungo borsone, proprio vicino a noi… bisognava tenerlo d'occhio!
Dopo aver ordinato la cena, per un attimo i nostri sguardi si incontrarono e… i suoi occhi non mi piacquero! A un tratto vidi che si chinava sulla borsa al suo fianco e, prima di aprirla, si

guardò intorno... anche nella nostra direzione. Poi, d'un tratto, si decise ad aprire la lampo... la mia mano corse alla fondina sotto l'ascella, ma Richard me la bloccò.

– Calmati... ha baciato la sua ragazza prima di entrare, non l'hai visto?

– Uhm... lo stavi tenendo d'occhio anche tu?

– Veramente... stavo tenendo d'occhio te, perché ho visto che lo guardavi "strano".

Alzai le spalle.

– Meglio una precauzione in più che una in meno!

– D'accordo, ma senza correre il rischio di prendere a schioppettate un povero pescatore – mi fece lui sardonico.

Guardai il tizio, aveva tirato fuori dalla borsa una piccola canna da pesca e la controllava, probabilmente si accingeva a passare qualche ora lungo l'Arno a pescare. Di sera, del resto, si pesca bene.

– Tranquillo, non avrei di certo tirato fuori la Beretta se avessi visto spuntare la canna da pesca – gli feci, alzando una spalla.

– Lo so, ma restiamo calmi, socio. Il ballo deve ancora cominciare.

Restammo nella trattoria ancora per un po'. Il sole stava ormai al tramontato e dovevamo passare per casa, prima di recarci al vecchio edificio nel bosco.

Pagammo il conto e, dopo un po', salimmo sulla Cinquecento. In poco tempo fummo a casa, prendemmo tutto il necessario e lo infilammo dentro una borsa che misi a tracolla. Poi uscimmo e salimmo di nuovo sulla utilitaria.

Lasciammo l'auto dove l'avevamo parcheggiata nel primo pomeriggio e proseguimmo a piedi verso il bosco. Ormai era sera inoltrata, c'era poca luce nell'aria, ma la cosa ci stava bene. Entrammo nel bosco piuttosto guardinghi. Era molto improbabile che ci fosse qualcuno di guardia da quelle parti, ma noi stavamo all'erta lo stesso.

Camminammo con la dovuta cautela in mezzo a quella boscaglia ma non avvenne nulla di strano durante il tragitto. Così, dopo un po', giungemmo in vista dell'edificio che si presentava, ormai, come una grossa macchia scura sotto il cielo stellato.

Ci fermammo al margine del bosco, vicino a una grossa quercia, al riparo di alcuni arbusti. Pochi metri più avanti iniziava la radura e, una cinquantina di metri oltre, c'era l'edificio.

Ci sedemmo per terra e, guardando oltre la boscaglia, cercavamo di studiare la zona che si trovava davanti al palazzone. C'erano già alcune persone all'esterno, facevano luce con le torce elettriche. Ci arrivavano le loro voci, ma erano troppo lontane, e non potevamo capire quel che dicevano.

Guardai l'orologio. Erano quasi le ventuno, probabilmente ci voleva ancora molto tempo per l'inizio del raduno. Notammo un gruppetto di gente che arrivava dalla parte della stradina. Cominciarono a sghignazzare e a urlare tra loro, come dei poveri deficienti.

– Ci vorrà tempo – bisbigliò Richard, accovacciato accanto a me. – Mettiamoci comodi, qui siamo al sicuro.

– Uhm… speriamo bene! Tra poco questo luogo si riempirà di gente – osservai.

– Ma sarà buio totale e a nessuno dovrebbe venire in mente di ficcare il naso da queste parti.

– Uhm… è quel "dovrebbe" che mi preoccupa…

– D'accordo! "A nessuno verrà in mente"… va meglio ora? – sbottò lui sottovoce.

– Decisamente meglio!

Aspettammo con molta pazienza che il tempo passasse. Dalla stradina arrivarono altre persone, grida e sghignazzi si moltiplicarono, la zona si fece alquanto rumorosa. I fasci di luce delle torce laceravano l'aria in modo convulso, qualcuno giunse a illuminare anche le nostre parti, ma io e il mio socio eravamo ben nascosti.

Fu dopo un po' che accadde qualcosa che mi fece preoccupare. Notai due tizi che si staccarono da un gruppo di fronte all'edificio e vennero verso di noi. Era impossibile che ci avessero visti, ma la cosa era inquietante lo stesso. Anche Richard li notò e mi fece segno di restare calmo. I due si avvicinavano sempre di più. A un certo punto, uno del gruppo gridò verso di loro.
– A finocchi! Ma dove state andando?
– Al cesso! Stronzo! – rispose garbatamente uno dei due.
Un linguaggio degno delle migliori famiglie…
I due continuarono ad avvicinarsi e si fermarono a una decina di metri da noi. Potevamo ascoltare le loro parole.
– Dai! Dammela… non ce la faccio più! – disse uno di loro
– Giovà… però ricordati che questa è roba buona, roba da re e da regine. Io te la do ma tu sarai in debito con me.
L'altro lo mandò a quel paese. Poi continuò.
– Dammela, perdio! Pagherò il debito, vai a farti fottere! Dammela!
– Non lo dire agli altri, però! Ricordati! Altrimenti amico o non amico… ti taglio la gola!
L'altro, che probabilmente non aveva un lessico molto vasto, lo mandò di nuovo a quel paese e, finalmente, ricevette ciò che bramava. Alla debole luce di un accendino, se la iniettò nelle vene e, subito dopo, alzò la testa come se stesse già in estasi.
– Quanta ne hai ancora? – chiese, poi, al suo "amico".
– Due dosi, ma queste le tengo per me…
– Le voglio! – disse repentino l'altro, e tirò fuori un coltello a scatto.
Per Giove! Se attaccavano briga a pochi passi da noi forse gli altri sarebbero accorsi e noi avremmo rischiato di essere scoperti!
Fortunatamente questo non avvenne perché l'altro, più lucido e veloce, tirò fuori il suo coltello e lo piazzò sotto il mento del compagno.

– Razza di bastardo! Non t'ammazzo qui solo perché il capo, dopo, ammazzerebbe pure me. Ma te la farò pagare! – dicendo questo, gli mollò un cazzotto che lo sbatté per terra. Poi se ne tornò verso il gruppo presso l'edificio, non prima di aver sputato sul suo compagno a terra.

Io e Richard rimanemmo a guardare il giovane disteso, che sembrava immobile e non dava segni di vita. Fortunatamente, poco dopo, sollevò il braccio e si portò la mano sul viso. Non potevamo distinguere il suo volto ma immaginammo che fosse insanguinato. Notammo solo che aveva una giacca chiara, con una manica strappata. Avvertivamo il suo respiro affannoso, probabilmente causato anche dalla droga che aveva preso. Si voltò di lato e udimmo dei conati di vomito. Poi, lentamente, cercò di rimettersi in piedi.

Il primo tentativo fallì, perché ricadde pesantemente a terra, poi ci riprovò e stavolta, con molta fatica, riuscì ad alzarsi. Non era molto stabile sulle gambe, tirò fuori qualcosa dalla tasca dei pantaloni e si pulì il viso. Poi si avviò lentamente verso il gruppo che aveva lasciato poco prima. Non doveva stare molto bene, perché poco dopo ripiombò a terra. Quelli del gruppo lo notarono ma nessuno andò ad aiutarlo, anzi, cominciarono a sfotterlo sghignazzando. Erano proprio degli animali!

Il tizio riprovò a mettersi in piedi e ci riuscì con molta difficoltà. Non aveva la forza di rispondere agli sfottò dei compagni. Ricominciò a camminare verso di loro, barcollando vistosamente. A un certo punto riprese a vomitare, piegandosi in due, ma ancora nessuno si staccò dal gruppo per avvicinarsi a lui.

Fu una scena penosa e, nonostante ne avessi viste tante nella mia carriera, quasi fece venire la nausea anche a me.

– Vorrei eliminare dalla faccia della terra tutti quelli che riducono i giovani in queste condizioni… – mormorai a denti stretti.

– Piacerebbe molto anche a me – mi rispose Richard, abbassando lo sguardo.

Passò altro tempo. Rimanemmo nascosti tra la boscaglia ai margini del bosco, finché, a un certo punto, udimmo un rullare di tamburi proveniente dall'interno dell'edificio. I tizi smisero di parlare tra loro e si diressero lentamente verso l'interno. Probabilmente si trattava del segnale che la riunione stava per iniziare. All'inizio ci sembrò che tutti andassero dentro ma poi ci rendemmo conto che almeno un paio di loro erano rimasti fuori, probabilmente per fare la guardia. Si piazzarono davanti alla porta d'ingresso e, con le loro torce, scrutarono il terreno circostante. Poi vedemmo un altro paio di persone che andavano verso la stradina che portava alla strada principale.

Purtroppo, i due davanti al palazzo non rimasero fermi ma cominciarono a spostarsi verso il margine della boscaglia, davanti a loro, poi cambiarono direzione e vennero verso di noi. Camminavano lentamente, forse parlavano tra di loro. Era una disdetta! Con quei due in giro sarebbe stato pericoloso attraversare la radura e portarsi a ridosso delle finestrelle alla base dell'edificio. Almeno si fossero fermati da qualche parte, dandoci il tempo di strisciare tra l'erba e avanzare verso il palazzo!

Si avvicinarono alla nostra postazione ma non temevamo di essere scoperti perché il nostro nascondiglio era sicuro, non potevano vederci tra quegli arbusti così folti e quell'erba alta. Ci passarono davanti, a non più di sette, otto metri.

– … E, invece…Anche stavolta! Tocca sempre a noi questa storia! – diceva uno dei due.

– Lo devo dire al "meticcio". Lui dice che si fida di poche persone, ma sceglie sempre noi per questa rottura di palle!

– Sai che ti dico? Il "meticcio" ha scassato parecchio. Con la storia che ci considera amici, ci dà sempre le parti più rognose! Secondo me… ci prende per culo.

– Uhm… e perché non glielo dici?

– E che so' matto? C'ha il coltello facile, il balordo. Te lo sei scordato?

Passarono oltre e non capimmo più le loro parole.

– Uhm… potremmo tentare ora – bisbigliai all'orecchio di Richard. – Loro sono di spalle.
– No, da un momento all'altro possono decidere di tornare indietro. Non credo che vogliano fare il giro di tutta la radura.
Fu buon profeta. Dopo un po', infatti, vedemmo i due tornare sui loro passi.
Una bella seccatura! La riunione doveva essere cominciata da almeno dieci minuti.
I due passarono di nuovo davanti a noi e proseguirono oltre.
– Non credo che ora si gireranno molto presto – mi fece Richard. – Te la senti di tentare?
Non chiedevo di meglio. Acconsentii con un gesto e mi misi carponi, iniziando ad avanzare verso l'edificio, accanto a Richard.
Naturalmente cercammo di essere silenziosi come la morte e, ogni tanto, guardavamo con la coda dell'occhio i due che continuavano la loro passeggiata senza sospettare di nulla. Avanzammo molto lentamente, per percorrere i cinquanta metri che ci separavano dall'edificio impiegammo più di un quarto d'ora.
Finalmente arrivammo in prossimità di una finestrella e scostammo appena il pezzo di legno che la copriva. Nel sotterraneo c'era un tizio mascherato che parlava agli altri, seduti sul pavimento ad ascoltare. Dietro di lui, sulla parete di fondo, c'era la scultura raffigurante un grosso caprone dalle sembianze vagamente umane. Era circondato da quattro energumeni, a torso nudo e un lungo mantello nero, anche loro con una maschera nera. In mano reggevano una frusta e, probabilmente, controllavano che tutti ascoltassero senza distrarsi. L'atmosfera era resa ancora più lugubre dalle torce accese, appese alle pareti.
Richard tirò fuori il cellulare per riprendere tutta la scena. Io detti uno sguardo ai due guardiani che, nel frattempo, s'erano fermati a parlare presso l'ingresso dell'edificio.
Il tizio, nel sotterraneo, continuava il suo discorso.

–... E ricordatelo sempre! Tenetelo sempre a mente! Chi non sgarra avrà ricompense generose, ma chi si fa sfiorare dal pensiero di imbrogliare... il diavolo non lo perdonerà! E sapete quanto può essere crudele il diavolo!
Seguì una lunga pausa, poi l'oratore tornò a parlare.
– E ora preparatevi ad accogliere con la giusta venerazione il vostro Signore!
A quelle parole, tutti i presenti si misero in ginocchio, poi portarono il busto in avanti e si prostrarono al cospetto di colui che stava per comparire. Dalla porticina dietro il caprone, comparve un tizio grande e grosso, mascherato anche lui, ma seminudo. Portava in mano una specie di scettro.
I presenti iniziarono a recitare una nenia incomprensibile, al ritmo dei tamburi. I quatto tizi con il lungo mantello nero, iniziarono a girare tra i presenti e, quando vedevano qualcuno che non si prostrava a dovere, lo frustavano. Il malcapitato di turno, nonostante il dolore, era lesto a rimettersi in riga, per evitare altre frustate. A un certo punto, uno degli aguzzini, si avvicinò al tizio con la giacca chiara e senza una manica. Il poveretto, forse perché ancora dolorante per il pugno e rincoglionito dalla droga, evidentemente non seguiva il cerimoniale come doveva.
L'aguzzino gli sferrò una frustata che lo fece stramazzare a terra, su un fianco. Però lui non fu lesto a rimettersi nella posizione dovuta perché, evidentemente, stava molto male. Quel bastardo di sorvegliante non ebbe pietà: gli mollò un'altra frustata sulla schiena e si udì l'urlo angoscioso del poveraccio, che risuonò a lungo tra le pareti del sotterraneo. Evidentemente il grido fece saltare la mosca al naso all'aguzzino che continuò a frustarlo, sotto gli sguardi terrorizzati dei presenti. Il poveretto, in preda al panico e al dolore, urlava disperato ma l'aguzzino continuò a frustarlo, quasi fosse in preda a un raptus. Era una scena terribile. Guardai Richard, stringendo i denti, ma lui abbassò lo sguardo.
– Non possiamo far nulla per lui... faremo la sua fine – mormorò.

Fortunatamente il mio socio era in grado di ragionare anche di fronte alle scene più drammatiche.

Tornai a guardare giù. Il poveraccio, ormai, non si dimenava più, e non urlava, aveva gli occhi sbarrati e fissava il soffitto, inerme, ma quel lurido verme continuava a frustarlo. L'aveva ammazzato in modo orrendo.

– Basta così, mio fido – disse il nuovo entrato, alzando un braccio. – La tua giusta collera si è abbattuta su chi non rispetta il Gran Signore. E te ne sono grato – poi si rivolse ai presenti che non osavano alzare lo sguardo verso di lui. – Moloch vi permette di alzare la testa e guardarlo – disse con tono enfatico.

I presenti alzarono la testa, titubanti, rimanendo prostrati.

– Moloch, stasera ha tante buone cose da dirvi, ma ha anche cose cattive. Stavolta, però, le cose cattive possono aspettare... entrino le ricompense per chi si è comportato bene!

Due ragazze coperte da un velo trasparente fecero il loro ingresso, nella sala sotterranea, dalla porticina dietro la statua del caprone. Portavano un cesto con delle piccole sacche. Lo posarono ai piedi di Moloch e rimasero in attesa. Il tizio riprese a parlare.

– Prima di distribuire le giuste ricompense, vi comunico che il grande Moloch ha deciso di eliminare un nemico che cerca di farci ombra, e così succederà a chiunque voglia attraversare la nostra strada, perché Moloch è il più forte, e voi state con il più forte!

Seguì una pausa, poi il grosso buffone continuò.

– E ora parliamo delle ricompense... Il nostro bravo Gianmarco in questo mese ha triplicato le entrate! Gli venga data la sacca con il giusto compenso e dieci dosi del nettare proibito!

Notai che i presenti guardarono con la coda dell'occhio uno di loro. Una delle donne prese una sacca dal cesto e la portò al promettente spacciatore.

Il rituale venne ripetuto per altri sei dei presenti. Alla fine, le ragazze portarono via il cesto vuoto.

– E ora, purtroppo, veniamo alle cose cattive... – annunciò il tizio.

Guardai quei poveracci sotto di me. Anche se le loro facce erano rivolte al pavimento, si percepiva la tensione e la paura.

– Uno di voi ha trasgredito una regola fondamentale... non vi dico quale, perché lui lo sa. Le regole vanno rispettate, pena una morte crudele... lo sapete. Ma stanotte voglio essere magnanimo, risparmierò la vita a colui che ha sbagliato... ma un prezzo va pagato! – chiamò a sé due degli aguzzini schierati al suo fianco e bisbigliò qualcosa al loro orecchio. I due, subito dopo, di diressero verso il fondo della sala. A un certo punto, uno dei presenti, vedendo che i due stavano andando verso di lui, si alzò urlando.

– No! Nooo! Non voglio! Non voglio... perdonami, Satana, perdonamiii!

Fece per scappare ma era impossibile sfuggire ai due energumeni che lo agguantarono e lo immobilizzarono, mettendogli un bavaglio alla bocca. Lo portarono davanti a Moloch, attraversando una sala piena di terrore.

– Hai sbagliato, Francesco – gli disse l'energumeno mascherato. – Ma per tua fortuna, stasera voglio essere generoso anche con te – Si voltò verso gli altri due guardiani. – Preparate il braciere!

A quelle parole, il malcapitato cominciò a contorcersi nonostante la presa ferrea dei due aguzzini che lo tenevano, molto più grossi di lui. Mugolava, nonostante il bavaglio stretto sulla bocca, sembrava in preda a una crisi epilettica.

Gli altri due guardiani si ripresentarono nella sala spingendo un carrello sul quale c'era un braciere acceso. E il pezzente riprese a parlare ai terrorizzati spettatori.

– Moloch gli risparmierà anche la vista... ma un occhio, un solo occhio, dovrà pur darmelo!

Quel maledetto voleva accecare un occhio di quel poveraccio con un ferro rovente! Non ce la feci più. Guardai il mio amico.

– Richard…
– Sì, andiamo via, Peppino. Ormai abbiamo visto abbastanza.
Rimisi il pezzo di legno come lo avevamo trovato e detti uno sguardo al luogo in cui dovevano esserci i due guardiani esterni. Stavano ancora parlando tra loro nella stessa posizione di prima.
Iniziammo il viaggio di ritorno verso il bosco, sempre carponi, sempre silenziosi e con mille attenzioni. A un certo punto ci giunse il grido agghiacciante del malcapitato nel sotterraneo. Furono minuti interminabili ma, alla fine, riguadagnammo l'interno della boscaglia e potemmo rialzarci.
Camminando a tentoni, cercammo di prendere la direzioni giusta. Nel cielo c'era solo un piccolo spicchio di luna, ma fu sufficiente a guidarci fino alla fine del bosco.
Ero ancora sconvolto per quello che avevo visto ma non vedevo l'ora di raggiungere l'auto e non dissi una parola a Richard. Del resto, anche lui camminava in silenzio.
Finalmente raggiungemmo la Cinquecento ma non me la sentivo di guidare. Richard sembrò intuirlo e si mise lui alla guida.
Partì e finalmente mi venne voglia di parlare.
– Se non ci fossi stato tu forse avrei ceduto alla tentazione di scaricare il caricatore della Beretta addosso a quel Moloch e ai suoi aguzzini.
– Ti capisco, Peppino. E' stato uno spettacolo forte, degno del diavolo a cui era dedicato.
– Come si può essere così bestiali?
– Ci si riesce, quando la Bestia diventa il modello da seguire.
Scossi la testa.
– Ma come fanno quei ragazzi a mettersi dentro un mondo così terrificante?
Lui sospirò.
– Droga, mancanza di ideali, monotonia, edonismo, egoismo, violenza, prepotenza… vuoi che continui? Certi giovani sono vuoti, ed è facile riempirli di schifezze.
Riflettei ancora su ciò che avevo visto.

– Pensavo di essere ormai vaccinato di fronte a certi spettacoli...
– Al dolore non ci si abitua mai, Peppino. Anch'io sono rimasto toccato... e ne ho viste, forse, più di te.
Continuammo il viaggio in silenzio. Dopo pochi minuti arrivammo a casa. Richard parcheggiò l'auto sul retro. Scendemmo e ci dirigemmo verso l'ingresso. Prima di entrare, Richard decise di sedersi sulla panchina accanto al portone. Tirò fuori le Dunhill e ne accese una. Io, inconsapevolmente, rimasi a guardarlo. Lui capì e me ne porse una.
– Dai! Per una volta si può fare! – mi incoraggiò.
La presi e lui me la accese. Quella volta fumai di gusto!
Andammo a dormire che erano quasi le due di notte.

IL giorno successivo, Richard mi svegliò poco prima delle otto. Bussò ed entrò in camera già vestito per uscire.
– Hai qualche appuntamento? – gli feci, scherzando.
– Nessun appuntamento. Quello che ho visto stanotte mi ha messo addosso una gran voglia di consegnare alla giustizia i colpevoli di quelle crudeltà al più presto, senza perdere un attimo di tempo... Tu ci stai?
– E me lo chiedi? – gli feci di rimando, mettendomi seduto sul letto. – Stanotte, nonostante il sonno, ho impiegato parecchio per riuscire a dormire. Quelle brutte immagini mi tornavano davanti appena chiudevo gli occhi... Sai già cosa fare?
– Sì, stamattina andremo dal commissario poi, forse, da don Claudio.
Ci pensai su per qualche attimo.
– Vuoi far vedere il filmato che hai girato stanotte al commissario?
– No... i responsabili erano mascherati. Non potrebbe fare nulla di concreto contro di loro... quindi meglio non dirglielo. Con lui voglio parlare di Filippo Landi.
Mi grattai il mento.

– Sai… ci ho pensato anch'io stanotte. Quella di ieri non mi sembrava certo la setta di Oliviero, piuttosto era qualcosa di diabolico…
– Erano satanisti – mi interruppe lui. – Moloch è il nome di Satana che ricorre spesso nella Bibbia dell'Antico Testamento.
– E Filippo Landi ce lo hanno descritto proprio come un indemoniato… – ricordai.
– Già! La cosa va approfondita.
Ci riflettei su.
– Sì… è molto probabile che sia quella la pista da seguire – concordai.
Mi preparai in fretta quella mattina. Anch'io non vedevo l'ora di approfondire quella faccenda.
Partimmo dopo una mezzora. Ci fermammo in un bar di periferia giusto il tempo di fare colazione. Prima delle nove stavamo già al commissariato.
Incontrammo Mantelli presso l'atrio, davanti al distributore di bevande calde. Stava prendendo il caffè con un tizio. Ci vide e ci chiamò.
– Buongiorno, cercavate me?
– Proprio lei, commissario… ma faccia con calma – gli rispose il mio socio.
Il tizio con cui stava parlando lo salutò e andò via. Mantelli sorseggiò il caffè e gettò il bicchierino di carta nel cesto.
– Andiamo nel mio ufficio – ci disse. – Novità?
– No…piuttosto vorremmo qualche informazione da lei – gli rispose Richard mentre camminavamo per il corridoio.
– Riguardo a cosa?
– Filippo Landi.
Il commissario annuì. Subito dopo aprì una porta sulla quale c'era la targhetta con il suo nome. Il suo ufficio non era grande, in compenso era molto disordinato. Lui si sedette dietro la scrivania e noi davanti a lui.

– Filippo Landi... – ripeté come se riflettesse. – Un personaggio molto oscuro.
– Lei lo conosce?
– Non molto. Non ci ho mai parlato, ma so che è un tipo scontroso e irascibile. L'esatto contrario del fratello. Conosco molte persone che hanno avuto a che fare con lui, e ne ho sempre sentito parlare come di un tizio possibilmente da evitare.
– Sa di che si occupa?
– Pare che conduca l'azienda di famiglia. Il padre è in un ospizio e lui ha ereditato il compito di occuparsi di tutte le faccende che svolgeva il genitore, mentre Oliviero si è dedicato completamente a quella setta.
– Ha mai avuto a che fare con la giustizia?
– No... non mi sembra... ma controllo.
Accese il computer che aveva sulla scrivania. Smanettò sulla tastiera, guardò più volte lo schermo e, alla fine, si rivolse di nuovo a noi.
– No... nessuna infrazione grave. Non è nei nostri database... Perché vi state occupando di lui?
Richard rimase sul vago.
– Abbiamo il sospetto che anche lui sia coinvolto nella setta del fratello e volevamo sapere come regolarci.
– A proposito... avete fatto qualche passo avanti?
– Sì, ma dobbiamo ancora verificare certe cose. Appena ne avrò la certezza la informerò immediatamente.
– Ci conto, mister Green. Come può vedere dalle carte sulla mia scrivania, io ho un sacco di lavoro arretrato e non ho molto tempo da dedicare all'indagine sulla ragazza uccisa. Perciò, se mi aiuta, mi farebbe un gran favore... sempre nei limiti consentiti.
– Certo, commissario. Sappiamo bene che certi limiti non vanno superati – lo rassicurò il mister mentre si alzava. Io lo imitai. Scambiammo qualche altra battuta con Mantelli e andammo via.

– Il fatto che non abbia precedenti penali non vuol dire molto – dissi a Richard mentre tornavamo al parcheggio.
– Sì... volevo solo che il commissario mi confermasse la brutta fama del soggetto – mi rispose lui.
– Una fama che lo colloca a meraviglia nel contesto delle scene di ieri sera – commentai. – Non mi meraviglierei di certo se venissimo a sapere che lui è il gran burattinaio che dirige quella congrega di criminali.
– Sì. Ne fa un indiziato molto probabile.
Raggiungemmo la nostra auto e salimmo. Mi misi al volante.
– Destinazione don Claudio?
– Esattamente.
– Cosa vuoi chiedergli?
– Altre informazioni su Aminah. Forse lui ce le può dare.
Misi in moto e partii. Speravo che Richard cominciasse ad avere l'idea giusta. Per quanto mi riguardava, avrei messo la mano sul fuoco sulla colpevolezza di quel Filippo Landi. Tutti gli indizi erano contro di lui. Si trattava solo di incastrarlo, ma sapevo che non sarebbe stato facile.
Non impiegai molto tempo per arrivare davanti alla casa del parroco, a quell'ora non c'era troppo traffico per la città.
Bussammo e venne ad aprirci proprio lui. Aveva una grossa fasciatura sulla testa. Stentai a riconoscerlo. Fu contento di vederci e ci fece accomodare nel piccolo salotto.
– Come va la ferita? – gli chiese il mister.
– Oh!... la ferita del corpo guarirà – disse con rammarico il prete. – Quella che rimarrà sarà la ferita della vita che non ho saputo difendere. Certamente la ragazza che ho seguito non verrà più da me.
– Ci dispiace, padre – gli fece Richard. – A volte è molto difficile fare del bene.
– Me ne sono reso conto tante volte – rispose il pretino. – Ma io sono un tipo tosto. Non voglio arrendermi.

– Questo le fa onore – lo gratificò il mister. – E anche noi cerchiamo di non rassegnarci, per questo siamo qui.

– Aspettate... – lo interruppe don Claudio. – Lo prendete un buon caffè?

– Grazie, ma abbiamo già provveduto – gli rispose Richard. – Siamo qui perché vorremmo qualche altra notizia su Aminah.

– Dite, dite pure, spero di potervi essere utile.

– Vorremmo sapere se Aminah aveva qualche persona con cui si confidava. Lei ne sa qualcosa?

– Fatemi pensare... – tergiversò don Claudio, fissando il pavimento.

Restammo in silenzio per qualche istante, poi finalmente il sacerdote dette l'impressione di ricordare.

– Sì, forse sì... lei abitava insieme a una compagna, una certa... non ricordo il nome... aspettate.

Si alzò e si diresse verso un'altra stanza. Ricomparve poco dopo con un quaderno in mano.

– Ho la buona abitudine di prendere appunti sulle questioni importanti. E Aminah era importante...

Sfogliò un quaderno, poi sembrò trovare quello che cercava.

– Ecco qui!... si chiama Umaru Yohanna. Penso che si confidasse con lei perché mi disse che erano molto amiche.

– Mi può dare anche l'indirizzo di questa ragazza?

– Sì, certo, lo stesso appartamento di Aminah... eccolo qui: via dei Bertozzi, diciassette, primo piano.

Presi nota sul mio cellulare.

Mi aspettavo che Richard si fermasse più a lungo dal sacerdote, invece, dopo quella informazione si alzò.

– Andate già via? – chiese il parroco.

– Sì, abbiamo diverse cose da fare – gli rispose il mister. – La terremo informata.

– Grazie, siete molto gentili – rispose il prete accompagnandoci alla porta.

Appena fuori, mi rivolsi al mio socio.

– Sembra che tu abbia un fretta… del diavolo.
Lui non mi rispose, salì in auto e io mi misi al volante. Non partii subito perché lo vidi pensieroso.
– C'è qualcosa che ti preoccupa? – chiesi.
Lui mi guardò appena, poi finalmente mi rispose.
– Scusami Peppino… ho parecchie cose che mi frullano per la testa. Temo… temo che presto succederà qualcosa di eclatante.
– A che ti riferisci?
– Non lo so di preciso, ma… entro oggi o domani avverrà qualcosa di grave e sto pensando a come reagire.
Ormai sapevo che Richard non parlava mai a caso e la cosa mi preoccupò. Lo lasciai immerso nei suoi pensieri e cercai anch'io di riflettere sugli ultimi avvenimenti, ma non trovai nulla che potesse farmi presagire un prossimo, grave, avvenimento.
A un certo punto fu lui a rompere il silenzio.
– Prendi un microfono spia dal bagagliaio – mi disse. – Lo piazzeremo a casa di quella Yohanna.
Lo guardai ma non feci domande. Scesi e feci quello che mi aveva detto. Rientrai in auto e gli porsi il minuscolo microfono. Lui lo prese e lo mise in tasca.
– Bene, ora possiamo andare da lei – mi disse.
Misi in moto senza chiedere nulla. Ricordavo l'indirizzo e lo misi sul navigatore. Si trattava di una via in un quartiere periferico. Avviai l'auto e rimasi in silenzio per tutto il tragitto. Sapevo che Richard era concentrato sulla vicenda e non volevo disturbarlo.
Arrivammo nel quartiere dell'abitazione. Si trattava di una zona trascurata, con case fatiscenti e le strade sporche. Mi fermai davanti al civico diciassette. Scendemmo e lessi i nomi sul citofono. Mi fermai su quello che ci interessava e premetti il pulsante.
Poco dopo ci rispose una voce di donna.
– Chi è?
– Siamo investigatori, dovremmo rivolgerle delle domande.

– Vi ho già detto tutto… – ci rispose la donna, probabilmente scambiandoci per poliziotti.
– Ci sono altre cose che dovremmo chiederle – insistette Richard.
La donna sembrò esitare.
– Va bene, salite – disse infine. – Primo piano.
Entrammo nel palazzo piuttosto malridotto. I muri erano scrostati e segnati da scritte con pennarelli e matite, alcuni mattoni del pavimento traballanti, il marmo delle scale spezzato in vari punti. Per sicurezza, non toccai il corrimano delle scale mentre salivo. Arrivammo al pianerottolo e notammo la porta lasciata socchiusa. La aprimmo lentamente, chiedendo il permesso di entrare. Una voce di donna ci disse di accomodarci sulle sedie del soggiorno. Io e Richard prendemmo posto intorno al tavolo. Lei si fece vedere subito dopo. Era una ragazza di colore, probabilmente non ancora trentenne, vestiva una tutta grigia e aveva i capelli ricci e corti.
Vedendoci, rimase un po' sorpresa.
– Uhm… non vi ho mai visto – ci disse. – Siete davvero poliziotti?
– Siamo investigatori, signora – precisò Richard. – Più precisamente, siamo le persone a cui si è rivolta Aminah per chiedere soccorso.
La donna corrugò la fronte e abbassò lo sguardo, poi tornò a guardarci con sospetto.
– E… che volete da me?
– Farle delle domande… Può sedersi anche lei?
La donna si sedette dall'altra parte del tavolo.
– Ho già detto tutto alla polizia – ripeté.
– Lo sappiamo, ma noi volevamo qualche precisazione… Aminah le ha mai detto che voleva uscire dal suo "giro"?
– No! Non mi ha mai detto niente… non parlavamo molto.
– Non eravate amiche?
– Certo che eravamo amiche, ma ognuna si faceva i fatti suoi

Mentre parlava, Richard teneva i gomiti sulle ginocchia e ben presto lo vidi alzare gli avambracci sotto il tavolo, per collocare lì sotto il microfono nascosto, dotato di una colla particolarmente appiccicosa.

La donna, naturalmente, non si accorse di nulla.

Le domande di Richard erano senza importanza, sapevamo benissimo che non potevamo sperare di avere notizie importanti da quella signora, vuoi per paura, vuoi per omertà. Le sue risposte, infatti, rimasero sempre sul vago.

Le ultime parole di Richard, probabilmente, erano destinate a provocare qualche allarme nella donna. Mentre si alzava per andare via, il mister guardò la donna severamente.

– Abbiamo dei sospetti, signora, e li abbiamo già riferiti alla polizia. Presto ci saranno delle novità. Se sa qualcosa e non l'ha detto, fa ancora in tempo a rimediare andando dal commissario che si occupa della faccenda. Un domani potrebbe essere accusata di aver ostacolato le indagini.

– Io... io non so niente di più di quello che ho già detto – balbettò, alzandosi anche lei.

– Lo spero, signora – gli rispose in tono formale il mister. – Le auguro una buona giornata.

La donna non rispose, ma notai che stringeva i denti e respirava affannosamente. Se voleva farla preoccupare, il mister c'era riuscito ampiamente.

Scendemmo le scale e uscimmo dal palazzo. Risalimmo in auto e partimmo con una certa fretta. Ci fermammo subito dopo la prima curva. Richard prese il cellulare e ci mettemmo in attesa.

– Se ha la coscienza sporca, chiamerà presto qualcuno – disse, mentre collegava il cellulare al microfono spia.

Non dovemmo aspettare molto. Dopo pochi istanti sentimmo la voce della donna.

– Romualdo... sono stati qui... i due investigatori sono stati qui...

"Romualdo", il maggiordomo di Oliviero Landi! Quindi Yohanna lo conosceva!
– No… non ho detto nulla… ma hanno detto di avere dei sospetti…
Seguì una lunga pausa. Probabilmente Romualdo stava cercando di tranquillizzare la ragazza.
– Io… io ho paura… – disse a un certo punto con voce tremolante.
– Sì… lo so, ma ho paura lo stesso – ripeté dopo un po' la donna.
Purtroppo non potevamo sentire le parole del maggiordomo.
Dopo un po' udimmo la donna singhiozzare. Probabilmente aveva terminato la telefonata e stava sfogando così la sua preoccupazione.
Aspettammo qualche minuto, per vedere se la ragazza chiamasse qualche altro numero, ma non accadde nulla. Decidemmo, quindi, di andar via.
– Romualdo… quel tipo mi è stato antipatico da subito! – esclamai. – Pensi che Yohanna abbia tradito Aminah?
– E' probabile – rispose Richard. – Forse quando è uscita per venire da noi, Aminah l'ha detto a colei che credeva un'amica e l'amica l'ha tradita. Non hanno fatto in tempo a fermarla ma gliel'hanno fatta pagare lo stesso.
– Maledetti… prendersela con una povera ragazza. Speriamo di riuscire a sbrogliare la vicenda…
– Abbi fede, Peppino… forse comincio a vedere un po' di luce in fondo al tunnel.
Gli rivolsi uno sguardo veloce mentre guidavo.
– Hai trovato il modo di incastrare i due fratelli?
– Vedremo… bisogna aspettare gli eventi. Ti ricordo che sono convinto che tra oggi e domani succederà qualcosa di grosso.
– Uhm… qualcosa che ci riguarda?
– Non direttamente, ma quel che succederà mi dirà se la mia idea è giusta.

Ci pensai su. Io non vedevo nessuna luce. Sperai che Richard non si sbagliasse.
Tornai a occuparmi della strada. C'era un incrocio, più avanti.
– Che faccio? Andiamo a casa o da qualche altra parte?
– Da qualche altra parte. Ora si tratta solo di aspettare ma non mi va di tornare a casa. Cerchiamo di distrarci.
Mi invitò a nozze! Svoltai senza pensarci verso il centro città.
– Che ne dici di una bella passeggiata tra i Giardini di Boboli?
– Direi che va bene, ma solo dopo una irrinunciabile visita a Palazzo Pitti. Che ne dici?
– Concordo pienamente!

Capitolo 9 – Il volto dell'assassino

Passammo più di un'ora ad ammirare i capolavori della Galleria Palatina. Poi uscimmo da Palazzo Pitti e ci perdemmo tra i giardini di Boboli. Quanti ricordi affiorarono nella mia mente... e com'era cambiata Firenze da quando, ancora giovane, divenne la mia casa per un anno. A quei tempi non si parlava tanto di droga, di sette e di crimini efferati. Era una città favolosa e basta, dove vivere momenti emozionanti e indimenticabili.

Tra quegli splendidi viali, a un certo punto, cominciammo ad avvertire i morsi della fame. Decidemmo di far visita all'ormai nostro amico Gigi, che neppure quella volta ci deluse.

Fu verso la fine del pranzo che arrivò la notizia che Richard aspettava. Ci telefonò il commissario Mantelli. Eravamo a un tavolo all'aperto, senza gente intorno. Richard mise il vivavoce a volume basso.

– Ci sono importanti novità – ci disse il commissario. – Oliviero Landi è stato ucciso. L'hanno trovato in tarda mattinata i domestici, riverso in una pozza di sangue, insieme a due suoi scagnozzi, in una sua villa presso Fiesole, a pochi chilometri da Firenze. Sto tornando proprio adesso da quel luogo. Credo che la cosa vi interessi.

– Ci interessa moltissimo – gli confermò Richard. – Questo fatto getta nuova luce sul caso che stiamo studiando. Spero di farvi conoscere novità al più presto.

– Magari!... Ci conto, mister Green.

Ci salutò e riattaccò.

Non riuscivo a credere a quello che avevo sentito.

– Oliviero Landi ucciso!... E io che credevo fosse lui il maggior sospettato per l'omicidio della povera Aminah!

– Uhm... una cosa non esclude l'altra – mi fece notare Richard. – Però ora bisogna muoversi con cautela...

– Cosa intendi dire?

Richard non mi rispose subito. Meditò per qualche attimo.
— La situazione è delicata... mi servono altre informazioni. Credo che dobbiamo andare a parlare con Lorenzo ed Edoardo, ho bisogno di conferme.
Prese il cellulare e parlò prima con Edoardo e poi con Lorenzo.
— Bene, ci siamo dati appuntamento da Lorenzo tra un'ora — mi disse alla fine.
— Perché hai bisogno di parlare con loro? — gli chiesi.
— Tra coloro che frequentiamo in questa città, sono quelli che conoscono meglio Filippo e Oliviero. Devo chiedere altre cose.
— Uhm... capisco... ma tu te l'aspettavi la morte di Oliviero?
— Sì... era una delle possibilità che contemplavo. Il fatto non mi ha meravigliato più di tanto.
— Sospetti di Filippo?... Nell'ambiente che abbiamo visto stanotte probabilmente non si fanno scrupoli neppure ad ammazzare i fratelli.
— Già... sembrano più bestie che essere umani. Comunque... sì, molti indizi portano a Filippo, ma prima bisogna fare certe verifiche.
Pensai per qualche attimo alla faccenda.
— Se Filippo ha ucciso suo fratello, dev'essere molto sicuro di farla franca. Ricordi quel che ci disse Edoardo? Si tratta di un tipo molto furbo che è riuscito a non farsi mai cogliere con le mani nel sacco.
— Sì, ricordo. E ricordo anche tutto il resto. Ma al punto in cui siamo, non contano tanto le ipotesi, contano le prove, e noi non ne abbiamo neppure l'ombra. In quanto a Filippo, non lo conosciamo neppure.
— E non credi che sia ora di fare la sua conoscenza?
— Sì, ma se è vero quello che ci hanno detto sul suo conto, non accetterà mai di incontrarci.
Ci riflettei su. Probabilmente il mister aveva ragione.

– Se vogliamo sapere qualcosa di più preciso su Filippo, possiamo solo chiederlo a chi lo conosce... ribadì Richard.
– E, quindi, hai deciso di chiedere a Edoardo e Lorenzo, vero?
– Sì, mi sembra del tutto naturale.
– Già, capisco. In questi casi, le notizie non sono mai abbastanza.

Seguì una lunga pausa, poi continuammo a parlare di altre cose e passò in fretta una mezzora abbondante. Alla fine ci alzammo, pagammo il conto e ci dirigemmo verso la nostra auto.

Mi misi ancora io al volante e mi diressi verso la villa di Lorenzo.

Mi fermai davanti al cancello e Richard scese a suonare al citofono. Davanti alla casa c'era già l'auto di Edoardo, entrai e parcheggiai accanto alla sua. Subito dopo ci venne incontro il maggiordomo.

– Buonasera... i signori vi aspettano nello studio. Vi faccio strada.

Seguimmo il tizio, tutto impettito, che ci guidò fino allo studio di Lorenzo. Bussò e ci annunciò al padrone di casa.

Poco dopo entrammo. Lorenzo era seduto dietro la scrivania ed Edoardo sulla poltroncina di lato. Noi ci sedemmo di fronte a Lorenzo.

– Siamo ansiosi di conoscere le novità cui hai accennato – ci disse il vecchio. – Ma prima vorrei offrirvi qualcosa...

– Abbiamo pranzato da poco e stiamo a posto – rispose Richard. – Grazie Lorenzo... Piuttosto devo subito comunicarvi una notizia molto importante... Oliviero Landi è stato ucciso.

Lorenzo ed Edoardo ci guardarono sbigottiti.

– Per Giove! – esclamò Edoardo. – E... come è successo?

– Lo hanno ritrovato qualche ora fa nella sua villa di Fiesole. Insieme a lui sono state uccise anche due guardie del corpo.

– Oddio! – esclamò Lorenzo. – Questa città sta diventando peggio di un Far west!

– La faccenda è molto grave – osservò Edoardo. – Certo… non sarò io a piangere sulla tomba di quell'individuo, con tutte le rogne che ci ha dato in passato, lui e suo fratello… Però resta il fatto che questa città sta cadendo in balia della malavita, e questo mi preoccupa molto.

– Come lo avete saputo? – ci chiese Lorenzo.

– Mi ha telefonato il commissario Mantelli, un'ora fa.

– Voi state indagando ancora sulla morte di quella ragazza – intervenne ancora Edoardo. – Avete idea di chi possa aver commesso questo nuovo delitto?

– Ci stiamo riflettendo – gli rispose Richard. – Per questo abbiamo chiesto di vedervi. Tra quelli che conosciamo, voi due siete quelli che conoscono meglio quella famiglia.

– Oh! Non chiamatela famiglia! – precisò subito Edoardo. – Quei due avevano in comune solo il cognome, per il resto, sono convinto che non si sopportassero a vicenda.

– Proprio di questo volevo parlarvi – intervenne Richard. – Come erano i rapporti tra i due fratelli?

Lorenzo alzò le mani.

– Mah! Sono anch'io del parere che non si soffrissero troppo. Come dire… erano tipi troppo egocentrici, perciò l'uno era un peso per l'altro. Cercavano solo di salvare le apparenze, ma sono sicuro che tra loro non si parlassero neppure.

– Filippo dove vive? – chiese Richard.

– In una bella villa dalle parti di Coverciano – rispose Lorenzo. – Non è grande come quella del fratello, ma è molto bella. E' una residenza d'epoca.

Richard mi guardò. Capii che stava per fare una domanda molto importante ai Baldini.

– Abbiamo il sospetto che Filippo abbia una sua setta, molto diversa da quella del fratello. Una setta satanica per la precisione. Per quel che sapete voi… sarebbe possibile?

Padre e figlio si guardarono. Poi fu Edoardo a intervenire.

– Filippo è una persona cattiva, mister Green. Gliel'ho detto ieri e glielo confermo oggi... ma da qui ad avere una setta satanica... non so... non saprei proprio.
– Perché lo sospetti, Richard? – gli chiese il vecchio.
Il mio socio rimase sul vago. Non era ancora tempo di rivelare tutto.
– Siamo certi che da queste parti operi una setta satanica e sappiamo che è molto crudele. Abbiamo degli elementi che ci spingono a credere che Filippo possa essere il capo di quella setta.
Lorenzo guardò il figlio.
– Sai che ti dico, Edoardo?... Che per me è possibilissimo! Quell'uomo non mi è mai piaciuto... uno che non ti guarda in faccia quando gli parli, è uno che ha un sacco di cose da nascondere. Se Richard ha dei sospetti vuol dire che ha qualche indizio, e se è così io non mi stupirei più di tanto.
Il figlio alzò le spalle.
– Non so che dirti. Che sia un delinquente non ho dubbi, ma... per il resto non lo so.
– Un'altra cosa... – intervenne di nuovo Richard. – C'è un antico palazzo fatiscente, nei pressi di Arcetri. Si trova in mezzo a un piccolo bosco, in una radura. È una costruzione a tre piani ma è cadente... abbiamo il sospetto che sia il luogo dove si riuniscono quelli della setta. Voi sapete a chi appartiene quell'edificio?
Lorenzo guardò di nuovo suo figlio.
– Da come lo ha descritto dovrebbe trattarsi del palazzo dei Santarini. Se sta dentro il bosco, vicino ad Arcetri, dovrebbe essere quello.
Edoardo scosse la testa.
– So che in quel bosco c'è un edificio ma, in realtà, non ci sono mai stato. E' piuttosto fuori mano, mi sembra che ci sia una stradina che ci arrivi, dopo aver attraversato la boscaglia...
– Esatto – confermò Richard. – E' proprio quello, ma... aspettate ho una foto...

Mise le mani in tasca ma non trovò quello che cercava: aveva dimenticato il cellulare in auto. Non gli era mai successo, evidentemente quella faccenda gli stava rubando ogni altro pensiero.

Uscì per andare a recuperare il cellulare e rientrò poco dopo. Cercò la foto nella memoria del telefonino e la mostrò a Lorenzo.

– Sì, è quella – confermò il vecchio. – E' una foto molto scura ma riconosco quella casa, anche se l'ho vista molto tempo fa.

– Era quasi buio quando siamo andati a vederla – precisò Richard. Evidentemente non voleva ancora rivelare gli orrori che avevamo visto lì dentro.

– E' abbandonata da almeno cinquant'anni – precisò il vecchio. – L'ultimo della famiglia non si sposò e visse in solitudine in quella grande casa. Quando morì, gli eredi non si misero mai d'accordo sulla spartizione, per non so quale motivo, e quella casa è rimasta così… E' un luogo stregato, la gente dice che l'ultimo dei Santarini si aggira ancora per quelle stanze e, questa credenza, mantiene lontani i curiosi.

– Che ci sia in giro una setta satanica non ho difficoltà a crederlo – disse Edoardo. – Del resto se ne sente parlare da un po' di tempo. Ma pensavo che fosse opera di ragazzacci annoiati, in cerca di avventure e nuove sensazioni.

– Io temo che sia qualcosa di più serio – replicò Richard. – Credo che ci siano in gioco droga, prostituzione, ricatti e intimidazioni. Non sottovaluterei questo fenomeno.

– Ne ha parlato con la polizia? – chiese Edoardo.

– Sì, ma mi hanno dato l'impressione di non aver approfondito molto il problema in questi anni. Probabilmente non lo ritengono una vera e propria minaccia.

– Non ho molta fiducia nella polizia – disse Edoardo. – Mi sembra che prendano le cose alla leggera. E intanto questa città cade sempre più in basso.

A quel punto, Lorenzo sembrò preoccupato.

– Richard… vi state occupando di una faccenda molto pericolosa. Comincio a stare in pensiero per voi. Siete entrati in questa storia in seguito alla mia richiesta di aiuto e non potrei mai perdonarmi se vi accadesse qualcosa.
– Tu non c'entri nulla, Lorenzo – lo tranquillizzò il mio socio.
– Certe cose accadono indipendentemente dalla nostra volontà. Magari, se non fossimo qui, forse staremmo affrontando qualche altro caso ancora più pericoloso. Questo è il nostro mestiere e nessuno ci ha obbligato a farlo. Quindi non preoccuparti. Qualsiasi cosa succeda, tu non ne sarai responsabile a nessun titolo.
– Uhm… però vorrei fare qualcosa in più per aiutarvi.
– Stai facendo abbastanza, tu e tuo figlio. E ve ne siamo grati.
– Cosa farete adesso? – ci chiese ancora il vecchio.
– Credo che cercheremo di parlare con Filippo, anche se sarà difficile.
– Non vi riceverà mai – intervenne Edoardo – Soprattutto ora che ha anche il compito di occuparsi dell'omicidio del fratello
– Tenteremo lo stesso. Una chiacchierata con lui sarebbe molto importante.
– Se anche accadesse, sarebbe capace di convincervi che tra lui e il fratello ci fosse piena armonia.
– Lo so, ma io e Peppino guardiamo sempre oltre le parole e, magari inconsapevolmente, potrebbe darci qualche spunto interessante… conoscete il suo indirizzo?
– Abita in via Coppola – ci rispose il vecchio – ma non so in quale numero civico.
Io presi nota sul cellulare.
– Vi auguro di riuscire nel vostro intendo – ci disse Edoardo, alzandosi. – E, per quanto mi riguarda, potete contare sempre sul mio aiuto. Ma ora devo andare, il lavoro mi chiama.
– Andiamo via anche noi – rispose Richard alzandosi a sua volta.

Il vecchio ci accompagnò fino al cortile. Salutammo il figlio che partì, poi, prima che entrassimo nella nostra auto, Lorenzo ci fermò.
– Ragazzi… mi raccomando, state attenti. Ho un grosso debito di riconoscenza nei vostri confronti e non vorrei sentirmi in colpa…
– Non preoccuparti – gli ripeté Richard. – Staremo molto attenti.
Entrammo in auto e partimmo.
– Dove andiamo? – chiesi a Richard.
– Da Filippo Landi – mi rispose lui con determinazione.
Digitò la via che ci aveva indicato Lorenzo sul navigatore. Io seguii le indicazioni ma, ogni tanto, buttavo uno sguardo allo specchietto retrovisore. Alla fine ne ebbi la certezza.
– Hanno ripreso a seguirci – dissi a Richard.
– Sì, l'ho sospettato anch'io – mi rispose. – Appena siamo partiti ho notato una Ford bianca, a un centinaio di metri, che si è avviata dietro di noi, la stessa che ho notato parcheggiata vicino alla trattoria di Gigi.
– Quindi è da stamattina che ci seguono…
– E' molto probabile – rispose.
– Proseguo sempre verso la casa di Filippo?
– Sì, continuiamo a fingere di non essercene accorti. Ma teniamoci pronti a ogni evenienza.
Continuai a guidare, un po' più preoccupato.
– Probabilmente Filippo non lo troveremo in casa – gli feci notare. – Sarà impegnato con la polizia.
– Lo so, ma io voglio dare uno sguardo nei dintorni della casa.
Non gli feci altre domande, continuai a guidare nel traffico che cominciava a essere consistente. Impiegai quasi mezzora per raggiungere via Coppola. Fortunatamente non era una strada molto lunga. Accostai per chiedere informazioni a un passante. Quello ci indicò una bella villa poco più avanti. Parcheggiai davanti al cancello e Richard scese per citofonare. Udii anch'io la

voce di una donna che diceva che il padrone di casa era assente. Il mister risalì in auto.

– Ora che facciamo? – gli chiesi.

– Torniamo a casa, poi io prendo la Cinquecento e vado dal commissario, tu rimani con il Suv e andrai a spiare i movimenti in casa Landi. Ti piazzerai non distante dal cancello e vedi se ti riesce di controllare chi entra e chi viene. Ti va?

Alzai le spalle.

– Sei tu che conduci la danza, io sono ancora in alto mare. Quindi farò quel che dici.

– Perfetto! – mi fece lui sarcastico. – Vedrai che non te ne pentirai.

– Ci conto, capo!

Rimisi in moto e partii. Avevo percorso poche centinaia di metri e, nello specchietto retrovisore, vidi la Ford bianca che continuava a seguirci.

– Quelli che ci seguono avranno capito che ora ci stiamo occupando di Filippo – feci notare a Richard.

– Lo so. E' per questo che dobbiamo tenerci sempre sul chi vive. A questo punto non possiamo permetterci di sbagliare.

Avevo l'impressione che Richard volesse giocare a carte scoperte. La cosa poteva essere pericolosa ma sicuramente avrebbe accelerato i processi in corso, e questo non mi dispiaceva. Avevo piena fiducia nel britannico e speravo che anche stavolta l'avesse azzeccata.

Dopo un noioso viaggio nel traffico della periferia, arrivammo a casa. Richard non perse tempo, salì sulla Cinquecento e ripartì. Io, con il Suv, andai verso la villa del defunto maestro. Mi fermai a una cinquantina di metri dal cancello, dietro altre auto. Ero sicuro di non essere stato seguito, forse i nostri compagni di viaggio avevano preferito seguire Richard.

Dalla mia posizione potevo controllare agevolmente chi entrava e chi usciva dalla villa. Mi misi il binocolo accanto e aspettai. Guardai l'orologio, erano da poco passate le sedici.

Cercai di riflettere sugli ultimi avvenimenti. La morte di Oliviero Landi non me la sarei mai aspettata, pensavo fosse lui il nostro principale obiettivo. Invece c'era qualcun altro che agiva nell'ombra ed era riuscito a rimanere nascosto. Probabilmente si trattava di quel Filippo che non avevo mai visto ma di cui tutti parlavano così male. Mi tornarono in mente le immagini agghiaccianti della notte precedente e decisi che, se avessi avuto sotto tiro il responsabile di quei delitti spietati, almeno uno sganassone, uno solo, glie l'avrei dato molto volentieri, prima di consegnarlo alla giustizia.

Il tempo passò lentamente. Solo dopo una quarantina di minuti vidi il cancello aprirsi. Presi il binocolo e cercai di capire chi ci fosse nell'auto che uscì, una grossa Bmw. Riconobbi il maggiordomo, Romualdo, al volante. Dietro c'erano altre due persone ma i vetri erano oscurati e non riuscii a distinguere le loro facce.

Passò parecchio altro tempo. Erano le diciassette e trenta quando vidi un'auto della polizia fermarsi davanti al cancello. Un agente scese a citofonare e subito dopo il cancello si aprì. Oltre agli agenti, c'erano altre due persone dentro l'auto. Riconobbi Selene, la donna che il "maestro" aveva chiamato quando parlavamo con lui. L'altra persona, un uomo di mezza età, non l'avevo mai visto.

L'auto entrò e il cancello si rischiuse. Passarono appena cinque minuti e vidi la volante andar via, probabilmente gli agenti avevano solo riaccompagnato a casa quelle persone, dopo l'interrogatorio al commissariato.

Continuai ad aspettare, dentro il Suv. Ero stanco di stare seduto ma non potevo uscire: probabilmente c'erano delle telecamere che, dall'interno del parco, spiavano la strada, e io non volevo farmi riconoscere.

Finalmente, verso le diciotto, mi telefonò Richard.

– Puoi tornare a casa – mi disse. – Io ho finito, ti raggiungo tra poco.

Con un certo sollievo, misi in moto e tornai indietro, verso casa. Quando arrivai, parcheggiai il Suv nella parte posteriore del cortile, pensando che, per quella giornata, avevamo finito di andare in giro. Entrai in casa e andai a sdraiarmi sul divano. Due ore seduto in auto mi avevano fiaccato la schiena. Provai un certo sollievo quando mi distesi.

Un quarto d'ora dopo sentii la Cinquecento di Richard che si fermava davanti alla porta d'ingresso. Lui entrò subito dopo.

– Com'è andata? – mi chiese.

– Mah! Una noiosissima attesa, senza che succedesse nulla di sospetto.

– Non è entrato né uscito nessuno?

– E' uscita solo un grossa Bmw guidata da Romualdo, con due persone sedute dietro che non sono riuscito a vedere in viso per via dei vetri oscurati.

– Guidava Romualdo? – mi chiese lui, come se la cosa fosse importante.

– Sì... perché?

– Uhm... perché questo conferma certi miei sospetti – mi rispose.

Avevo già le idee abbastanza confuse, quindi evitai di chiedere altre spiegazioni.

– A te com'è andata?

– Piuttosto bene, direi. Ho potuto approfondire alcune cose con il commissario e mi sono convinto che quel Romualdo sia l'anello debole del meccanismo che stiamo cercando di smascherare.

– Se è così... è una gran bella notizia. Io, onestamente, non saprei da dove ricominciare. So solo che Filippo Landi è molto probabilmente il nemico da smascherare ma non vedo in che modo possiamo farlo.

– Io comincio ad avere un'idea di come risolvere questa storia, però prima dovrei parlare con Lorenzo.

– Di nuovo?

– Sì, di nuovo. Ho bisogno di avere delle conferme da lui.
– Uhm... hai notato se ti hanno seguito?
– Sì, fino al commissariato. Al ritorno non li ho visti.
In quel momento suonò il citofono. Rispose Richard. Si trattava di don Claudio.
Mi misi seduto sul divano e poco dopo entrò il sacerdote. Portava un berretto che copriva parzialmente la fasciatura alla testa. Sembrava piuttosto imbarazzato.
– Scusate, signori... posso disturbarvi?
– Ma certo, padre. Si accomodi – gli fece cordialmente il mister.
– So che l'orario non è molto adeguato ma... non sapevo dove andare.
Sembrava avesse il fiatone e che fosse molto stanco.
Richard gli indicò la poltrona e noi ci sedemmo di fronte a lui.
– Ci dica tutto, padre – lo esortò Richard.
– Ecco... è successa una cosa un po'... strana e forse io l'ho presa troppo male... - esitava parecchio.
– Non si preoccupi. Siamo tutt'orecchi – gli fece il mister con un sorriso.
– Beh... nel pomeriggio sono uscito per fare quattro passi. Ne sentivo proprio il bisogno dopo questi giorni così pesanti. Ho fatto un largo giro nei dintorni e, quando stavo tornando, da lontano ho visto due... energumeni che stavano bussando alla mia porta. Avevano un aspetto poco rassicurante e, istintivamente, mi sono nascosto dietro il tronco dell'albero più vicino. Loro hanno aspettato che aprissi ma quando hanno visto che non lo facevo, hanno dato due forti pugni alla porta e sono andati via... per farla breve, mi sono spaventato e non ho avuto il coraggio di rientrare in casa... La verità è che sono un coniglio...
– Nient'affatto, padre – lo rassicurò Richard. – Ha fatto benissimo a non rientrare in casa. In giro c'è un'aria piena di tensioni su questa storia e non vorrei che se la prendessero anche con lei.

– Piena di tensione? – ripeté il sacerdote. – Perché? E' successo qualcosa?

Richard gli disse della morte di Oliviero e il sacerdote fu molto impressionato da quella notizia.

– Oh, mio Dio! – Esclamò. – Sembra quasi che sia in atto una guerra tra... bande. E' mai possibile, signor Green?

– E' molto possibile – gli confermò Richard. – E noi stiamo cercando di venirne a capo.

Il prete ci guardò, preoccupato.

– Ma... se è così, si tratta di una storia pericolosa. E anche voi correrete dei grossi rischi.

– Non si preoccupi per questo – gli fece Richard con tono rassicurante. – Io e Peppino è da una vita che viviamo in certe situazioni. Sappiamo di dover stare attenti ma non perdiamo certo il sonno per queste cose.

Il sacerdote sospirò.

– Forse anch'io avrei dovuto avere un po' di coraggio e affrontare quei tipi...

– Non credo proprio! – replicò il mister. – Quella è gente pericolosa e senza pietà. Non avrebbero ascoltato chiacchiere. Ha fatto benissimo così.

Il prete abbassò lo sguardo.

– Sì... però ora farò bene a tornare a casa. Il pericolo è passato...

– Non se ne parla nemmeno! – gli disse perentorio Richard. – Lei stanotte dormirà qui e domani penseremo al da farsi.

– No, no... non posso recare tutto questo disturbo...

Richard si alzò e gli mise una mano sulla spalla.

– Padre... per favore. Se le dico che è meglio che stanotte stia qui è perché conosco cose che lei non sa di quella gente. A noi non dà nessun disturbo. Ci sono due camere con due letti singoli. Lei dormirà nella mia camera e io dormirò in quella di Peppino. Così saremo tutti più tranquilli.

Il sacerdote alzò le braccia.

– Ma... prima o poi dovrò tornare in canonica e...
– Una cosa per volta – lo interruppe ancora Richard. – Ora pensiamo a farla stare in sicurezza per stanotte. Domani vedremo quello che accadrà e ci regoleremo di conseguenza.
Il pretino abbassò di nuovo lo sguardo.
– Io... io vi ringrazio.
– Siamo noi a dover ringraziare lei, padre – gli rispose Richard. – Ci ha dato molto aiuto in questa storia e, forse, ce ne darà ancora.
– Lo volesse il cielo! Siete brave persone. E' un onore essere al vostro fianco.
– Grazie padre... e ora pensiamo alle cose da fare stasera.
– Avevate degli impegni? – ci chiese don Claudio.
– Sì, ma lei può venire con noi. Dobbiamo andare dal mio amico, Lorenzo Baldini, per chiedergli alcune cose.
Tirò fuori il cellulare e telefonò al vecchio. Riattaccò dopo una breve conversazione.
– Ci aspetta. Possiamo andare anche adesso – ci disse.
Ebbi l'impressione che gli avvenimenti stessero precipitando. Richard non voleva perdere tempo e, con molta probabilità, aveva le sue ragioni.
Cinque minuti dopo salimmo sul Suv e partimmo di nuovo per la casa di Lorenzo.
Ci accolse il padrone di casa che sembrava essersi rimesso completamente dal mal di schiena che lo aveva assillato nei giorni precedenti.
Gli spiegammo perché il sacerdote fosse con noi e si riempì di collera a quella notizia.
Ci stava conducendo verso il soggiorno ma Richard, per una questione di riservatezza, suggerì di andare a parlare nello studio, dove non c'erano domestici in giro.
Entrammo e ci sedemmo intorno alla scrivania.
– Ditemi, dunque... – ci sollecitò Lorenzo che sembrava ansioso di conoscere la novità.

Richard non girò intorno all'argomento.

– Siamo certi che l'anello debole della banda di criminali che stiamo cercando di smantellare sia il maggiordomo di Oliviero Landi... Si chiama Romualdo Brachetti. Lei, se non sbaglio, dovrebbe conoscerlo.

– Romualdo Brachetti? Sì che lo conosco. Anni fa ha lavorato per me ma trattava male i clienti e lo cacciai quasi a calci nel sedere... un tipaccio!

– Cosa sai dirmi di lui?

– Un tipo poco raccomandabile, scoprii anche che mi aveva sottratto dei soldi ma, pur di non vederlo più, lasciai correre. Non si trattava di grosse cifre.

– Sai se abita a Firenze quando non è al lavoro?

– Beh! Questo non lo so... ma so che parecchi dipendenti di Oliviero Landi abitano con lui nella grande villa o negli appartamenti che lui possedeva, sparsi per Firenze e dintorni.

– Uhm... quindi, probabilmente abita nella villa – rifletté Richard.

– Cos'hai intenzione di fare? – gli chiese Lorenzo.

– Ho intenzione di portare tutte le prove che ho su di lui al commissario e di farlo mettere sotto torchio. Sono certo che, messo alle strette, parlerà e ci dirà tutto dell'organizzazione di cui fa parte. Quella è gente che pensa soprattutto a se stessa e, se vede che la nave affonda, non si mette di certo a fare l'eroe.

– Uhm... sì, certo. La penso anch'io così – approvò il vecchio. – Sono persone vigliacche che, pur di salvarsi, tradirebbero anche la madre.

– Lo penso anch'io. Domani, quindi, andremo dal commissario e vedremo di dare una svolta a questa inchiesta. Nel frattempo, se tu ed Edoardo sentite qualcosa su questa storia, fatecela sapere.

– Puoi contarci – rispose Lorenzo

Richard prese il cellulare e digitò qualcosa sulla tastiera.

– Voglio prendere qualche appunto su quello che mi hai detto – disse al vecchio.

Stette a scrivere per un po'. La cosa mi sembrò strana perché Richard, in genere, non aveva bisogno di prendere appunti sul cellulare: aveva un'ottima memoria.

Io, don Claudio e Lorenzo scambiammo qualche altra battuta, poi, quando Richard ebbe terminato, ci alzammo tutti.

Il vecchio ci accompagnò fino all'auto. Poi lo salutammo e ripartimmo.

– Potremmo passare per casa mia e prendere il pigiama per stanotte – propose il sacerdote.

– Non si preoccupi, gliene daremo uno dei nostri – gli rispose il mister. – Forse casa sua è sorvegliata e non vogliamo che sappiano che lei si trova da noi.

– Ah!... non... ci avevo pensato... – balbettò don Claudio.

– Perché lei non ha la mente criminale come quella del mio socio – risposi al sacerdote, mentre il britannico mi guardò di sbieco.

– Oh! Se tutti i criminali fossero come voi, vivremmo in un paradiso! – esclamò candidamente il pretino.

– Ci sono altre visite da fare stasera? – chiesi a Richard.

– No, continua verso casa. La nostra giornata lavorativa finisce qui. Ora aspettiamo domani.

Tornammo a casa nostra. Io andai a preparare l'altro letto in camera mia mentre Richard e don Claudio si dettero da fare ai fornelli.

Quella sera scoprii che il nostro sacerdote era anche un eccellente cuoco, specializzato in ricette semplici ma gustosissime. Richard sfornò un ottimo piatto di spaghetti cacio e pepe, don Claudio si esibì nella cottura di prelibate polpette di spinaci e ricotta, una leccornia!

Passammo la serata a chiacchierare di un sacco di cose e, tramite anche la complicità di qualche bicchierotto di Chianti, ci fu una certa allegria.

Il giorno dopo ci svegliammo verso le otto. Insieme a don Claudio andammo a fare una bella colazione al bar di Piazzale Michelangelo. Era una radiosa mattinata di primavera. Firenze, laggiù, splendeva in tutta la sua bellezza. Intorno a noi era già pieno di turisti e, oltre gli alberi alle nostre spalle, s'intravvedeva il campanile di San Miniato al Monte.

Occupammo un tavolo esterno e ci gustammo cappuccini e cornetti mentre chiacchieravamo sulla bellezza della vita. Prima di alzarci, a colazione terminata, mi rivolsi a Richard.

– Il programma di questa mattina?
– Aspetto una chiamata dal commissario. Poi decideremo il da farsi. Ci siamo messi d'accordo ieri sera. Dovrebbe telefonarmi entro la prossima mezzora.
– Qualcosa di importante?
– Importantissimo. Se tutto va bene, entro oggi avremo risolto il problema.

Don Claudio lo guardò, senza capire.

– Avete qualche altro problema che vi preoccupa, oltre alle indagini?

Richard gli sorrise.

– No padre, il nostro unico problema è scovare il responsabile dei delitti di questi giorni.

Il sacerdote lo guardò, meravigliato.

– E... entro oggi lei sarebbe in grado di individuare il colpevole?
– Con molta probabilità!
– Oh! Lo volesse il cielo! – esclamò il pretino.

Ci alzammo e, dopo aver pagato il conto, andammo ad affacciarci sul terrazzo del piazzale. Passarono alcuni minuti e arrivò la telefonata. Richard mise il vivavoce.

– Signor Green? Ho fatto quella telefonata – disse la voce del commissario. – Non risponde nessuno. Ho provato più volte. Lei se lo aspettava?

– Sì, me l'aspettavo – rispose conciso il mister.
– E magari sa dirmi anche dove si trova in questo momento il signor Romualdo Brachetti...
– Sì, credo di sì.
Forse Mantelli si aspettava che Richard continuasse, ma non lo fece, quindi continuò.
– E... potrebbe dirmelo?
– Non adesso – gli rispose il mio socio. – A me interessa il pesce grosso, non quello piccolo. Se più tardi ci possiamo vedere le dirò tutto.
– Uhm... Tutto, tutto?
– Sì, proprio tutto, commissario.
– Allora mi dica quando possiamo vederci e posso garantirle che sarò puntualissimo.
– Devo prima fare qualche telefonata. La richiamerò tra poco.
Richard chiuse la chiamata e digitò il numero di Lorenzo. Gli chiese se per le undici potessero vedersi, insieme a Edoardo, a casa sua. Disse che aveva importanti novità e voleva parlarne con loro. Gli parlò anche del commissario. Il vecchio acconsentì di buon grado. Il mister, allora, chiamò di nuovo Mantelli e gli confermò l'appuntamento a casa di Lorenzo per le undici.
Don Claudio sembrava molto colpito dalle parole del mister. Prima di continuare la nostra passeggiata, si rivolse ancora a Richard.
– Ehm... quindi a casa del signor Lorenzo parlerete di cose importanti... mi piacerebbe esserci...
– Lei "deve" esserci, padre – gli rispose il mio socio. – Credo che la sua presenza sia importante.
– Ah, sì? Allora sarò ben lieto di venire con voi! – disse l'altro, contento.
Continuammo la passeggiata. Mancavano quasi due ore alle undici. Avevamo tutto il tempo per goderci quella vista meravigliosa.

Ponte Vecchio si rifletteva sulle acque dell'Arno, in verità non troppo limpide, e le strade del centro pullulavano di gente, già a quell'ora. Più in là, l'enorme massa della basilica di Santa Maria del Fiore era affiancata dall'esile ed elegante campanile di Giotto, alto quasi quanto la meravigliosa cupola di Brunelleschi.

Mancava un quarto d'ora alle undici, quando tornammo nel parcheggio dove avevamo lasciato la nostra auto. Misi in moto e andai direttamente a casa di Lorenzo, distante qualche chilometro.

Quando arrivammo notammo che l'auto di Edoardo era già parcheggiata presso il portone d'ingresso. Scendemmo e Richard prese con sé la sua borsa. Vedemmo una volante della polizia che entrava a sua volta dal cancello della villa. Aspettammo il commissario prima di entrare in casa, scortati dall'impeccabile maggiordomo.

Mantelli scese dall'auto insieme a due agenti che pregò di aspettare lì fuori. Poi si unì a noi ed entrammo. Il maggiordomo ci guidò nello studio del padrone di casa, dove già c'erano Lorenzo e suo figlio.

Dopo i saluti e le solite battute, ci sedemmo tutti intorno alla scrivania.

– Da quel che ho capito, hai importanti novità – disse Lorenzo a Richard.

– Hai capito bene – gli fece Richard. – Novità importantissime che tra poco vi esporrò. Ma prima vorrei fare una premessa.

– Siamo tutt'orecchi – fece Lorenzo.

Parto dall'inizio, dall'assassinio della povera Aminah. Un delitto molto crudele, con il taglio della lingua della vittima che chiaramente voleva essere un monito per gli altri componenti della banda. Aminah lavorava per Oliviero Landi, così ci è venuto spontaneo pensare che quel tipo, con la sua setta così misteriosa, c'entrasse qualcosa con quell'omicidio. In realtà, dopo aver conosciuto Oliviero, mi sono reso conto che la sua setta era basata esclusivamente sulla persuasione psicologica delle vittime.

In altre parole, i componenti della sua setta stavano con lui di loro spontanea volontà, perché persuasi della bontà delle sue ricette spirituali. Quindi non stavano con lui per paura. Di conseguenza Oliviero Landi non avrebbe avuto nessun interesse a lanciare quel monito agli adepti della setta. Ciò mi fece sospettare che gli autori dell'omicidio della ragazza fossero altri.

– Questo non me l'ha detto – intervenne il commissario. – Anzi, dato che è venuto da me per informarsi su quel tale, Romualdo Brachetti, che lavora per Oliviero Landi, pensavo che lei avesse puntato l'attenzione esclusivamente su quella setta.

– "Lavorava" – precisò Richard. – Perché, a quest'ora, Romualdo Brachetti è morto.

– Morto?... – Mantelli guardò meravigliato Richard. – Ma io non ne so niente!

– Sono ben pochi quelli che lo sanno – gli rispose Richard. – Ma andiamo con ordine.

Richard prese la sua borsa con il notebook, la aprì e mise il notebook sulla scrivania.

– L'altro giorno, come lei ricorderà – disse al commissario – il nostro don Claudio era scomparso. Come le avrà detto, è stato colpito da qualcuno mentre seguiva una ragazza verso una riunione della setta a cui apparteneva. Però ha fatto in tempo a capire verso quale edificio si dirigeva, e ce lo ha indicato. Ci ha anche detto che per la notte seguente era prevista un'altra riunione. Così, io e Peppino, adottando tutte le precauzioni del caso, siamo riusciti ad avvicinarci a quel palazzo nel boschetto e abbiamo filmato una scena molto crudele – tirò fuori una pennetta usb e la collegò al notebook. Avvertì i presenti che le immagini erano molto "pesanti". Poi avviò il filmato. Si vide la scena in cui l'aguzzino uccideva a frustate il povero malcapitato.

– Oh, Dio mio! Quanta crudeltà! – esclamò il sacerdote.

– E' inaudito! – esclamò Mantelli. – Cose del genere non possono accadere!

– Vergognoso! – esclamò a sua volta Edoardo.

Lorenzo rimase in silenzio, con gli occhi fissi su quella scena. Quando i commenti indignati si assopirono, Richard continuò.
– Dopo aver visto quelle scene, mi convinsi che era quella la setta responsabile della morte di Aminah. Una setta implacabile con i suoi membri, che puniva con una morte atroce quelli che sgarravano. Una setta fondata soprattutto sullo sfruttamento della droga, a quanto capii. Usava quelle macabre rappresentazioni diaboliche per esercitare un controllo totale sui seguaci, basato sul terrore e il piacere derivante dai miscugli di droga che i capi erano in grado di ottenere. Ma anche la setta di Oliviero Landi usava la droga per i suoi fini, quindi le due organizzazioni dovevano essere in conflitto tra loro – il mister s'interruppe per schiarirsi la gola e bloccò lo scorrere del filmato sul notebook. Poi continuò.
– Tutto questo mi fece capire che se Aminah lavorava per Oliviero Landi, ma era stata uccisa dall'altra setta, si trattava di una spia che i capi della setta satanica avevano messo in casa di Oliviero, per spiarne le mosse. Ma come potevamo risalire agli assassini di Aminah? E perché quegli assassini erano venuti a conoscenza così presto del fatto che Aminah aveva chiesto aiuto a noi? Fu allora che ricordai che Aminah abitava insieme a un'amica, allora cercai di immaginare come fossero andate le cose e capii che, molto probabilmente, la ragazza si era confidata con la sua amica prima di venire da noi. L'amica la tradì, avvisando quelli della setta che non riuscirono a fermarla, prima che parlasse con noi, ma subito dopo l'hanno assassinata – il mister si interruppe e guardò il commissario. – A quel punto decisi di fare una cosa non proprio regolare, commissario, ma sono certo che lei capirà. Andammo dall'amica di Aminah, una certa Yohanna, e piazzammo un microfono in casa sua. Quando andammo via, Yohanna telefonò a Romualdo dicendogli che eravamo stati da lei e cominciava ad aver paura. Noi capimmo, allora, che anche Romualdo era una spia in casa Landi, al servizio della setta satanica.

– Diavolo, mister Green! – esclamò il commissario. – Lei non mi ha detto tutte queste cose ieri sera!
– Solo perché, le ripeto, io voglio incastrare i pesci grossi, non quelli piccoli.
Il commissario sospirò e tornò, rassegnato, ad appoggiarsi alla spalliera della sedia.
– Nel frattempo, ricordai che la sera in cui abbiamo assistito a quella terribile scena, il tizio che avete visto, che si spacciava per Moloch, disse che era giunto il momento di eliminare il loro avversario. Io intuii subito che stava parlando di Oliviero Landi, cioè del capo della setta concorrente nello spaccio di droga. E chi poteva svolgere al meglio quel compito se non la spia che operava in casa Landi?
– Lei sta dicendo che… Oliviero è stato ucciso dal suo maggiordomo… Romualdo Brachetti? – chiese il commissario.
– Sì, ne sono sicuro – rispose Richard. – Romualdo era anche l'autista di casa Landi, me ne ha dato conferma ieri sera il mio socio. Lo accompagnava nei suoi spostamenti e probabilmente, ieri mattina o ieri notte, lo ha accompagnato alla villa di Fiesole dove lo ha ucciso, cogliendo di sorpresa lui e le due guardie del corpo.
– Per Giove! E me lo dice solo adesso? – Esclamò il commissario.
– Sì, perché questo è il momento buono per dirglielo. Io non volevo prendere solo Romualdo, ma anche il capo di tutta la combriccola di spietati assassini di cui faceva parte, quindi mi dovevo servire di Romualdo per arrivare a chi lo comandava.
– E… c'è riuscito? – chiese Mantelli con un filo di voce.
– Credo di sì, e le spiego come ho fatto – a quel punto s'interruppe e fece una cosa strana. Prese il suo cellulare e avviò l'audio di un file. Si sentirono le nostre voci al momento in cui eravamo entrati nello studio.
– Lei sta registrando questa conversazione! – gli fece il commissario.

– No… questa registrazione non proviene dal microfono del mio cellulare – rispose Richard, poi si rivolse a Lorenzo con una strana richiesta. – Puoi farmi portare una scaletta?
– Una… scaletta? – balbettò sorpreso il vecchio.
– Sì, una scaletta – confermò il mio socio.
Lorenzo spinse un pulsante della scrivania. Subito dopo comparve il maggiordomo e il vecchio gli disse della richiesta di Richard. In meno di un minuto, la scaletta fu portata nello studio. Il maggiordomo andò via e Richard piazzò la scala sotto il lampadario al centro della stanza. Vi salì e svitò la coppetta che copriva i fili elettrici che sbucavano dal solaio. Ma oltre ai fili elettrici c'era qualcos'altro che ci mostrò: un minuscolo microfono spia!
Lorenzo lo guardò stralunato.
– Cos'è?... Cos'è quello?
Richard glielo spiegò.
– Ti ricordi che l'altro giorno mi sono messo a girare per questa stanza parlando dei quadri? In realtà non mi interessavano i quadri ma un minuscolo filo elettrico che avevo notato nel piccolo spazio tra la coppetta del lampadario e il soffitto. Mentre giravo per la stanza osservavo quel filo troppo sottile per essere uno di quelli che servono per le luci del lampadario, e così ho capito di che si trattava. L'interno della coppetta dei lampadari è il posto più adatto per ospitare un microfono spia, perché in genere è al centro della stanza e anche perché lo si può alimentare con la corrente elettrica del lampadario stesso.
Lorenzo guardava quel minuscolo aggeggio nelle mani di Richard come ipnotizzato.
– Un… un microfono spia nel mio studio… ma chi?... Chi può avercelo messo?
– Ce l'ha messo la persona che ha deciso l'assassinio di Aminah e ha ucciso Romualdo Brachetti – gli rispose il mister. – Il capo di quella setta satanica che si è macchiata di delitti tanto spietati.

Edoardo apparve molto turbato.
– Ma… lei sta dicendo che il capo di quella setta è riuscito a mettere un microfono nello studio di mio padre? E poi… perché avrebbe dovuto spiare mio padre?
– Questo lo capirà quando le dirò chi è quella persona – gli rispose Richard.
Il commissario si sporse in avanti.
– Quindi… lei sa chi è quella persona? Il capo della setta?
– Certo che lo so. Ieri sera sono venuto proprio in questo studio per dire a Lorenzo dei miei sospetti su Romualdo Brachetti, ben sapendo che il capo della banda ci stava spiando tramite quella cimice sul lampadario. Sapevo che avrebbe eliminato l'anello debole della sua criminale organizzazione e l'avrebbe fatto sparire da qualche parte, ben nascosto. Così, prima di venire qui, mi sono preoccupato di mettere il rilevatore gps sotto la sua auto, in modo da poter spiare i suoi movimenti – Prese di nuovo il cellulare e fece vedere un tracciato segnato su una mappa. – Vede, commissario? Il nostro assassino, dopo aver raggiunto i pressi della villa di Oliviero Landi, probabilmente per prelevare Romualdo, si è diretto verso questa cava di sassi abbandonata. Penso che lì troverete il cadavere di Brachetti.
Guardai Richard un po' sorpreso… stava bleffando? Non ricordavo che avesse messo un rilevatore gps sotto qualche auto. Lui si accorse del mio dubbio e si rivolse a me.
– No, mio caro Peppino non sto bluffando. Il rilevatore l'ho messo davvero, quando tu non c'eri… Ricordi ieri, quando siamo venuti per la prima volta in questo studio? A un certo punto ho detto che avevo dimenticato il cellulare, ma non era vero. L'avevo lasciato di proposito in auto perché volevo avere la scusa per lasciarvi in questo studio mentre io uscivo per mettere il gps sotto l'auto di…
Mi guardò, uno sguardo che conoscevo bene e mi diceva "stai attento perché sta per succedere il finimondo". Subito dopo

spostò lo sguardo al tizio che mi stava accanto e continuò – ...di Edoardo!

Il bastardo cercò di prendere la pistola che aveva in tasca ma io fui più lesto e gli piazzai la canna della mia Beretta in mezzo agli occhi.

– Miserabile! – esclamai, pensando ad Aminah e a tutte le immagini agghiaccianti che avevo visto in quei giorni. – Miserabile! Dammi solo mezzo motivo e ti mando a far compagnia al tuo Satanasso!

Ricordai che c'era il padre di fronte a me e mi calmai.

Il commissario tirò fuori la sua pistola, don Claudio si coprì il volto con le mani e Lorenzo rimase a fissare la scena, sbigottito, incredulo, affranto.

Mantelli perquisì velocemente il balordo, gli prese la pistola dalla tasca del giaccone e chiamò i suoi uomini. Poco dopo entrarono i due agenti, presero in consegna il criminale e lo portarono via.

Il commissario guardò Richard con una certa ammirazione.

– Accidenti, mister Green! Devo farle i miei complimenti, lei ha gestito questa storia in un modo impeccabile... devo chiederle di passare al commissariato, più tardi, per le solite pratiche che lei conoscerà.

– Sì, certo – gli rispose il mio socio in tono dimesso. – Passerò tra qualche ora.

– Dovrà spiegarmi un sacco di cose... ma ora devo portare quel criminale al commissariato e preparare l'interrogatorio, dopo aver avvisato il magistrato... Accidenti! Non me lo sarei mai aspettato un epilogo così repentino!

– Faccia le sue cose con calma – gli disse il mio socio. – Io la raggiungerò più tardi. Ora ho da fare qui.

Il commissario andò via, piuttosto soddisfatto, e Richard poté dedicarsi al suo amico.

Lorenzo aveva appoggiato la testa sul piano della scrivania e piangeva a dirotto. Don Claudio cercava di consolarlo ma il

vecchio neppure lo ascoltava. Richard chiamò il sacerdote in disparte.
— Ora non ha più nessuno — gli disse. — Le anticipo che la compagna, la signora Irina, era in combutta con Edoardo e faceva parte della setta. Lo affido a lei, padre. Gli stia vicino, soprattutto nei prossimi giorni.
— Non si preoccupi — lo rassicurò il prete. — Lei ha svolto il suo lavoro, ora io farò il mio.
— Ci conto... ora è meglio chiamare il suo dottore. Ha bisogno di un forte tranquillante.

Io premetti il pulsante sulla scrivania e, come previsto, entrò il maggiordomo, tutto tremante di emozione. Gli chiesi il numero del dottore di Lorenzo e, subito dopo, gli telefonai. Dissi al medico che si trattava di un'emergenza e lui mi promise che entro dieci minuti sarebbe arrivato.

Nel frattempo entrarono anche le altre due domestiche. Una di loro ci chiamò in disparte e ci disse che la signora Irina aveva preso l'auto ed era partita in gran fretta dopo aver visto Edoardo uscire dalla casa in manette. Ce l'aspettavamo!

Accompagnammo Lorenzo in camera sua e lo sdraiammo sul letto. Era talmente distrutto che non ce la faceva a camminare.

Il dottore mantenne fede alla sua promessa e arrivò subito dopo. Gli spiegammo l'accaduto e dette al vecchio un forte sedativo. Poco dopo Lorenzo si assopì.

Raccomandammo al sacerdote a ai domestici di tenerlo d'occhio. Poi uscimmo anche noi. Salimmo in auto, mi misi al volante e andammo via. Istintivamente andai verso piazzale Michelangelo, sperando che quella vista e quella gente mi avrebbe distratto dalla scena drammatica a cui avevo assistito. Avevo bisogno di respirare aria fresca a pieni polmoni.

— E' quasi mezzogiorno — mi fece notare Richard mentre scendevamo dall'auto dopo averla parcheggiata. — Hai fame?
— No — mi limitai a rispondere.

– Neppure io. Che ne dici se andiamo a sederci di nuovo a quel bar?
Fui d'accordo. Prendemmo posto a un tavolo esterno.
Fu una buona idea quella di tornare al bar. Appena seduto, cominciai a sentirmi meglio.
– Come hai fatto a collegare il tuo cellulare con il microfono nascosto nello studio di Lorenzo? – gli chiesi.
Alzò le spalle, senza enfasi.
– Ieri, dopo essere stato dal commissario, mi sono recato in un negozio specializzato in elettronica. Ho comprato un congegno che ho istallato nel mio cellulare. Poi, ieri sera, quando siamo tornati da Lorenzo, a un certo punto vi ho detto che stavo prendendo appunti sul cellulare, in realtà stavo cercando la lunghezza d'onda del trasmettitore del microfono per collegarlo anche con il mio telefonino.
Ricordai l'episodio. Poi gli feci un'altra domanda.
– Quando hai cominciato a sospettare di Edoardo? – gli chiesi.
– Quando insistette per farci mettere il microfono nell'auto di Irina. Il discorso che Irina fece con quel suo amico sembrava fatto apposta per convincerci della bontà dell'amore della donna nei confronti di Lorenzo. Mi venne il sospetto che Edoardo non vedesse l'ora di mandarci via, lasciando perdere l'indagine sull'omicidio di Aminah. Quando ha compreso che saremmo rimasti, nonostante il macabro referto che ci ha fatto trovare quella sera sul tavolo, ha cercato di convincerci della malvagità di Filippo Landi, in modo che, se avessimo scoperto la setta satanica, avremmo pensato che il capo fosse Filippo, e non lui.
– Una mente fina, quel delinquente!
– Sì, ma noi l'abbiamo fregato lo stesso!
Lo guardai con il sopracciglio alzato.
– Grazie per il "noi"... a volte sai essere anche generoso.

Nel pomeriggio andammo dal commissario, come promesso, poi tornammo a trovare Lorenzo. Dormiva ancora. Anche il dottore era tornato per visitarlo; ci disse che era meglio farlo dormire a lungo perché l'impatto emotivo era stato troppo forte. Don Claudio non si era mosso dal suo capezzale. Rimanemmo con lui fino a tardi finché il maggiordomo ci disse che era riuscito a rintracciare la nipote di Lorenzo che sarebbe arrivata all'indomani, da Roma, per occuparsi dello zio.

Il giorno dopo, la nipote del vecchio arrivò di buonora, insieme a suo marito, e ci assicurarono che si sarebbero presi cura dello zio, anche per l'avvenire, trasferendosi direttamente a Firenze, ora che Edoardo non c'era più. Noi salutammo Lorenzo, don Claudio e il commissario quel giorno stesso, poi ripartimmo per Sabaudia nel tardo pomeriggio.

La bella notizia la ricevemmo dopo qualche giorno, da don Claudio. Ci telefonò e ci disse che Fabiola era tornata da Tommaso e aveva iniziato una cura per disintossicarsi da tutte le fesserie che le aveva inculcato in testa il "Gran Maestro".

Fine

Printed by Amazon Italia Logistica S.r.l.
Torrazza Piemonte (TO), Italy